小鸟

欧科富◎著

山青水秀风光好，鸟语花香莺声鸣。
环境依旧人依旧，只是人情冷暖与日俱增。

中国文联出版社
http://www.clapnet.cn

图书在版编目（CIP）数据

小鸟 / 欧科富著. -- 北京：中国文联出版社，2018.1

ISBN 978 - 7 - 5190 - 3452 - 8

Ⅰ.①小… Ⅱ.①欧… Ⅲ.①长篇小说—中国—当代

Ⅳ.①I247.5

中国版本图书馆 CIP 数据核字（2018）第 022012 号

小鸟（XIAONIAO）

作　　者：欧科富

出 版 人：朱　庆

终 审 人：奚耀华　　　　　　　复 审 人：蒋爱民

责任编辑：胡　笋　贺　希　　　责任校对：傅泉泽

封面设计：中联华文　　　　　　责任印制：陈　晨

出版发行：中国文联出版社

地　　址：北京市朝阳区农展馆南里 10 号，100125

电　　话：010 - 85923039（咨询）85923000（编务）85923020（邮购）

传　　真：010 - 85923000（总编室），010 - 85923020（发行部）

网　　址：http：//www.clapnet.cn　　http：//www.claplus.cn

E - mail：clap@ clapnet.cn　　hus@ clapnet.cn

印　　刷：三河市华东印刷有限公司

装　　订：三河市华东印刷有限公司

法律顾问：北京天驰君泰律师事务所徐波律师

本书如有破损、缺页、装订错误，请与本社联系调换

开　　本：710×1000　　　　　　1/16

字　　数：186 千字　　　　　　印　张：13

版　　次：2018 年 1 月第 1 版　　印　次：2018 年 1 月第 1 次印刷

书　　号：ISBN 978 - 7 - 5190 - 3452 - 8

定　　价：39.00 元

●●●●●● 目录

（一）

在祖国的南方有一个贫困而偏僻的小山村叫作九龙冲，山是那么的青，水是那么绿，天是那么的蓝。九龙冲依山而立，蓝天白云下连绵起伏的群山，有的气势磅礴，雄伟壮观，有的小巧玲珑，清奇娟秀。村庄既秀丽又宁静。

"呱呱……"高飞就出生在这深山老林的九龙冲，如一只刚脱壳的小鸟，脸蛋胖嘟嘟的，红润润的，皮肤是那么的滑嫩，眼睛是那么光亮有神，样子很可爱。一对年轻夫妇如获至宝，为这个偏僻的山村增加了小小的气氛，小家庭里更是充满了欢乐和温馨。

"他爸爸快来看呀，小高飞在说什么呀？"妈妈邱玲竟然想出了笑话来。

憨厚的爸爸高强，走过来笑眯眯地问："小高飞，你在说什么呀，是不是肚子饿呀？"

小高飞尽管不会说话，但是他闪烁着可爱的眼睛，嗷嗷待哺，令人心痛。夫妻俩都围着孩子转。

"孩子他爸爸，你先看着小高飞，我出去洗尿片。"邱玲吩咐着说，转身出了房门。邱玲出去不到三分钟，小高飞就"呱呱"地哭了起来。

高强出于爱护骨肉的天性，抱起小高飞摇来摇去，嘴里不停地喊：

"别哭，别哭。"

邱玲听到"嘤嘤"的哭泣声，心痛地走了回来，唠叨道："叫你带个小孩都带不好，还能叫你干什么大事！"

高强笑呵呵地说："谁知道这小家伙就不爱听话。"

哪个父母不疼爱自己的孩子，孩子的心灵就像早晨的露珠，需要小心地呵护。

邱玲心痛地说："别哭，别哭，妈来了。"

小高飞还是"呱呱"地哭，两只小脚踢来踢去，不停地闹。

"你呀，就不知道妈妈的辛酸。"邱玲一边拍着小高飞的背脊一边说，"半夜三更的还不睡觉。"

小高飞哪里懂得父母的辛酸，但他停止了哭声，眨巴着水灵灵的眼睛，似乎这个世界都属于他。

邱玲用食指刮刮小高飞的小鼻子，又用嘴亲亲小高飞的小脸蛋，一个小家庭有了新的生命总感到幸福和满足。

几个月过去了，小高飞发出"咕咕"的会话声。

"孩子他爸，快来看呀，小高飞开始唱歌了。"邱玲搞笑地说，"小高飞在唱'我要飞得更高，我要飞得更高'。"

高强又笑眯眯走过来，习惯性地亲亲高飞的小脸蛋，说："我的小高飞呀，你长大以后可不要像爸爸一样做一辈子农民，要是做一辈子农民有你吃的苦啦！"

"好你个乌鸦嘴，好的不灵坏的灵。瞧你说的，当农民怎么啦，当农民就没出息呀，人家田运来不是农民吗，照样也能当老板！老封建，现今农民也有出息了。"邱玲不满地说。

"我不是说当农民没有出息，我是说当农民的成功可能性比较渺茫。"高强又是一句不吉利的话。

邱玲好不生气，狠狠瞪了一眼高强不说话了。

难道农民的子女就命中注定要当农民吗，邱玲思索着这个问题。从现实看，农民的子女大多是当农民，能改变命运的甚少。

天气转冷了，细雨绵绵。当农民的就是习惯粗心大意，一夜之间小高飞感冒发烧了。体温上升到39度，小夫妻俩紧张了起来，急得团团转。

"孩子他爸，快起床呀，天快亮了，赶快把小高飞送村卫生室看看。"邱玲催促道。

高强迅速起了床，风急火燎地推起坦克一样响的摩托车载着邱玲及小高飞向村卫生室奔去，一路上小高飞不断发出痛苦的呻吟。

"宝贝，妈知道你难受，妈在这里，乖乖……"邱玲急出了眼泪。真是可怜天下父母心，高强和邱玲刚到村卫生室，小高飞就不省人事了。

"快来呀，露医生，救救我的孩子。"邱玲急促地喊着，泪水从眼里流了出来。

露医生忙跑过来，一边给小高飞量体温，一边开单打点滴。

时间在一分一秒地过去，高强和邱玲一起紧紧地守在小高飞的病床前，小高飞一动也不动，昏沉沉地睡着。

为人父母不知有多少辛酸和凄凉。由于晚上高强和邱玲轮流照顾小高飞，睡不好觉，疲惫不堪，不知不觉邱玲睡着了，她做了一个梦，梦见自己在田野里奔跑，呼喊："小高飞，小高飞……"

梦中的声音变成了现实，露医生都被吓蒙了，然而小高飞也被吓醒了。

"呱——"小高飞一声喊，把邱玲从梦中惊醒，她睁开眼一看，高强也睡着了。

邱玲赶紧把小高飞抱在怀里，轻轻地拍着小高飞的背脊，心在隐隐作痛，说；"别怕，别怕，妈妈在这里。"

小高飞算是个懂事的孩子，听到妈妈的声音就不哭不闹了，闭上眼睛又沉沉睡去。

露医生又过来给小高飞量体温，20分钟后露医生取下体温计看了看，说："小高飞退烧了，体温只有36度。"

"那我们可以回去了吧?"邱玲焦急地问。心里想着家里的女儿高娜，担心万一醒来掉下床怎么办。

"可以，你们可以回去了，回去后多给孩子喝点开水。"露医生指点道。

高强和邱玲都齐声应着："嗯嗯"，心却已到家了。

露医生是个男的，80后的小青年，细心又热情。他把小高飞头上的点滴针拔掉，又把小高飞该吃的药配好、包好，装入药袋里，习惯性吩咐道："这里是两天的药，一日三次，记住一定要多给孩子喝点水。"

高强和邱玲又异口同声地应道："嗯嗯，记住了。"

邱玲抱着小高飞跟着高强走出了村卫生室，高强发动摩托车，邱玲坐了上去，高强载着邱玲飞快地往家里赶。

回到家门口，小狗摇头摆尾地走了过来，小公鸡发出"喔喔喔——"的叫声。

邱玲忙打开房门往屋里走去，边走边喊："高娜，你没事吧?"

高娜"哇"的一声哭了起来，好凄凉哟!

"别哭，别哭，妈妈回来了，因为晚上弟弟得了病去卫生室，让你受罪了。"邱玲心痛地哄着。

高娜长得娇美又可爱，很快止住了哭，坐在床上可怜地望着妈妈。

"乖，姐姐真乖。"邱玲表扬着说。

高强把鸡笼里的鸡放了出来，整个小院沸腾了，几十只鸡在小院里飞来跑去。

"高强，出工啦。"工头田运来家家户户地去喊打工仔。

田运来是村里搞建筑的小工头，专门组织村上剩余劳动力外出务工，是村里的经济能人，首富户。

"嗯，马上就来。"高强随声答道。

邱玲听到田运来喊高强去打工了，抱着儿子带着女儿走出门来，说："孩子他爸，你出去记得买米买奶粉，米缸里米不多了，奶粉也快没有了。"

"好的!"男人就是得顾家，高强沉重地应着，去年才建了房子，欠下一屁股债，不知何年何月才还得清，一提到钱打心里就害怕。但他还是装作若无其事的样子说："你有空到菜地里拔拔草呀，要不菜地里草都长满了。"

"知道了，你去吧，人家田老板在等你呢。"邱玲催促道。

"你没看见我在喂鸡吗？"高强一边推摩托车一边说。

小院里又恢复了宁静，邱玲像机械一般没头没脑地干活，干了这样又干那样。

"邱玲，养这么多鸡呀？"周瑛串门来了，周瑛是田运来的老婆，有一张大嘴巴，马脸，长着一双既细小又不对称的眼睛，和她那很好看的眉毛，鼻子组合在一起，实在是大煞风景。她为人蛮不讲理。吃饱没事干，村头串门，村尾溜达，东家长西家短的。

"嗯，是呀，养几只鸡过年春节用呀"。邱玲随口答道，"我家的小高飞患上感冒，夜里发起烧来，去卫生所这才回来"。

"哎，这鬼天气一冷一热，别说小孩，就是大人也容易感冒。"周瑛实话实说。

"你有空来串门，你家田耀强呢？"邱玲岔开话题。

"睡着了，要不我怎么有空来串门"周瑛转而说道，"我想问你见有靓仔吗？介绍我家小姨去找个对象，我家小姨有二十五了。""你真是无事不登三宝殿，我大门不出，二门不迈，哪里见什么靓仔？"邱玲说道。

周瑛笑笑，不以为然地说："邱玲，这就见笑了，人生不做几个媒到来世会变成单身狗的。"周瑛那张三寸不烂的嘴真是能说会道。

"我才不信有来世呢，周瑛你别唬我，我这又要带小孩又要做家务，哪里有时间去做媒啊？"邱玲难为地说。

"哎，我有时间带你去做几个媒，你总不会拒绝吧？有红包的哟！"周瑛皮笑肉不笑地问。

"要是有空我就去，跟你去见见靓仔也好。"邱玲不屑一顾地说。

"说好了啊！不许变卦。"周瑛如小孩般地说道，"要是变卦是小狗。"

"不变，不变，你不会把我卖了吧？"邱玲心有疑虑。

"哪里的话，我怎么敢卖你。"周瑛老实地说。

"那好，我跟你去。"邱玲应道，"君子一言，驷马难追。"

两天后，周瑛又来到了邱玲家门口，好不高兴地说："邱玲我家小姨今天去相亲，你去啵？"

"不去，你家小姨相亲关我什么事，又不是我相亲，简直是风马牛不相及。"邱玲觉得好奇怪。

"怎么不关你的事，我们不是说好了吗？有空带你去做几个媒，怎么突然变卦呢？"周瑛以为邱玲好想去参与相亲，却正好相反，好不意外。

"怎么变卦？这是你小姨去相亲，不是去做媒。"邱玲反驳道。

"哎哟，我的姐姐你就陪陪我去吧，帮我说几句好话啵？"周瑛拉着邱玲的手唉声叹气地说。

"不去"邱玲还是坚定地说，"没空，孩子要带，菜地要拔草。"

周瑛软硬兼施，笑了笑，威胁道："邱玲，你今天若是不陪我去做我小姨的媒，我就叫我老公不让你家高强去做泥水活了。"

这下可把邱玲难住了，一家人就靠高强外出做泥水活挣钱维持生活，而且这活儿又是周瑛老公介绍去的，可不能忘恩负义呀！邱玲是相夫教子的贤内助，被人牵着鼻子走，说道："好吧就这一次，下不为例啊！"

"这就对了，我家老公对你家高强不薄呢，有吃同吃有酒同饮，称兄道弟。"周瑛得意地说。

邱玲不情愿地把女儿高娜送到邻居九叔婆家帮照看，带着小高飞跟着周瑛陪着相亲去了。

周瑛带邱玲来到山珊镇一家小酒馆，转了个弯上了二楼，走进一间雅间，走进雅间一看，光线充足，装修得富丽堂皇，墙上贴着电影女明星的图画，颇有情调。里面坐了好几个人，就连周瑛的丈夫田运来也在场，田运来看了邱玲一眼，一副欲言又止的样子。

周瑛指着剪着短发，上身穿着半新半旧的白春衣，下身穿着一条米白色的裤子，皮肤有点黑的二十四五岁的女孩介绍给媒婆，说："这就是我的小姨周爱莲，另一个是我家邻居高强的夫人邱玲。"

媒婆方丽梅、胡作梅看了看邱玲，随便打了个招呼："请坐，请坐！"

邱玲和周爱莲不客气地坐了下来，周瑛边坐下边喋喋不休，议论开来，说些无关相亲的话。

"来到啦，来到啦。"方丽梅乐呵呵地高叫起来，迎出门去。

相亲男青年母亲长得好有福气，美丽端庄，雍容华贵，眼睛里泛出黑亮的光彩。就在她领着儿子浩亮走进雅间那瞬间，另一个媒人胡作梅把邱玲手上的小高飞抱了过去，并不断地亲脸蛋，"真乖，真乖"地喊着，搞乱了阵脚。

小高飞逢人亲，人见人爱，谁抱着他都愿意，不会闹事。所以，胡作梅抱着他格外亲切。

当杨妮和浩亮坐下来之后，田运来拿来茶壶给杨妮和浩亮母子俩各倒了一杯茶，并说，"请喝茶！"

方丽梅滔滔不绝地介绍了起来，首先介绍周爱莲，然后介绍邱玲给浩亮认识，东拉西扯地说了一个钟头。

浩亮人长得不错，衣冠楚楚，高高的身材，乌黑的眼睛，白皙的脸，活像跟他母亲一个模子压出来似的，而且长得十分清秀，举止顾盼，温文尔雅；又帅又漂亮，真是个白马王子，别说周爱莲见了高兴，就连邱玲也有些心动。

邱玲虽然是个有孩子的妈妈，但她年龄和周爱莲相仿，脸庞还有点清秀，红润润的，披肩长发，好黑好亮的一头长发。穿着红色上衣紧身裤，看起来又合身又漂亮，显得光彩照人、楚楚动人。而周爱莲穿得很朴素，一副瘦削的脸庞，毫无动人之处。看上去没有邱玲那么艳丽美观。爱美之心人皆有之，在这一场合浩亮看上了邱玲，并没有看中周爱莲。

有人说，女人漂亮就是财富。并不见得，有时候女人漂亮也是灾难，甚至能使人家破人亡。

浩亮端起茶品尝着，呷了一口，别有一种苦涩的滋味，味道苦得令人皱眉，问道："这是什么茶，这么苦？"

"龙井茶呀！"田运来观察着浩亮说。

"龙井茶没有沙田大叶茶好喝，喝一杯沙田大叶茶，就能让人精神焕发，春风满面。而且口味清爽甘甜，别有一番风味。像你田老板这样大肚皮，喝一个月的沙田大叶茶，肚皮就会消下去；有脂肪肝的人喝沙田大叶茶最好不过了。"浩亮谈起茶来。

"那倒是，那倒是！"田运来不迭连声回答道。

嘴响喇叭的媒人方丽梅看出了浩亮不喜欢周爱莲，她走出雅间喊道："杨妮、浩亮你们两个出来一下，了解一下情况。"

杨妮母子俩跟着方丽梅沿着走廊来到一个靠马路边临窗的无人雅间，方丽梅开门见山地问道："你们觉得姑娘如意不？"

"哪个姑娘？"浩亮还没弄清楚，开口问。

"周爱莲呀！"方丽梅回答道，眼睛注视着浩亮。

"周爱莲？"浩亮摇摇头，苦笑了一下，说，"周爱莲还不如邱玲好看。方媒婆，我长得虽然不怎么出众，可也不是麻子、瞎子、跛脚，你怎么介绍一个丑姑娘给我，我怎么看得上她？"

"别说那么大声的话。"杨妮瞪了浩亮一眼，责怪道，"人生又不是吃人肉，普普通通就得了。"

"妈，这可是人生一辈子啊！"浩亮为难地说。

"可是，邱玲是个少妇，是个有孩子的妈妈。"方丽梅商量着说。

英雄难过美人关，聪明人有时候也会做傻事。邱玲的美貌在浩亮的脑海里翻滚，她是个相当漂亮的女人，又有一排好整齐的白牙齿，强大的吸引力，使浩亮鬼迷心窍，神魂颠倒，糊里糊涂地说："我宁娶一个少妇，也不娶周爱莲这样的瘦女人。"

"人家邱玲是个有夫之妇，你怎么娶？"杨妮骂道，"我怕你是喝醉了酒。"

"不是说吗，煮熟的鸡都会飞的，何况是个活生生的女人。我相信总有办法打动邱玲的心。"浩亮说道，以为有钱就能买到女人心。

"你怎么打动，人不笑狗都笑，去争夺一个有夫之妇成何体统。"杨妮生气地说，以睨视的眼神在责骂。

"你生气我也要，不生气我也要，邱玲我是要定了。"浩亮跃跃欲试地对方丽梅说，"方丽梅，你去帮我把邱玲叫过来。"

"这……"方丽梅犹豫地说，"这恐怕不妥吧。"

"快去呀，有红包给你。"浩亮吼道。

方丽梅三步并两步走回雅间把邱玲领了过来，邱玲不知道发生了什么事，莫名其妙地问："叫我过来干啥？"

浩亮直言直语，说："我想娶你，你同意不？"

邱玲不觉一怔，脸一阵阵发烧，颜面绯红如花，吃惊而又尴尬，涉世未深的她，眼光迷蒙如梦。真是心有灵犀一点通，令人心灵悸动，有种相见恨晚的感觉，这种感觉是她从来没有过的。少妇配青头郎没什么可怕的，她想入非非，考虑到伦理道德，心惊肉跳，思绪纷乱如麻。支支吾吾地说："这，这怎么行，我可是有老公的人，有孩子的妈妈。"

"有老公可以离婚呀，有孩子我不嫌弃。"浩亮大胆地表白。

"不行，不行，别乱说了，我丈夫是个好男人，我永远也不会背叛他的。"邱玲觉得这对于一个已为人妻，并为人母的女人来说很不是滋味，边说边惊慌地跑回雅间，情绪有些紊乱，她的心在狂跳，一把将胡作梅手中抱着的小高飞抱了回来，紧揽在胸前，两腮绯红羞答答的。

周瑛觉得邱玲的脸色有点不对，便瞪大眼睛急急地问道："发生什么事了？"

邱玲神经紧张，哆哆嗦嗦，面如黄纸，声音含糊而低微地说："你去问方丽梅吧！"

周瑛冲出了雅间，胡作梅也跟着她走出了雅间。

邱玲趁周爱莲和田运来没有注意时，眼睛偷看周爱莲和田运来，好害怕他们和周瑛一起合伙骂她一顿。如同犯下要案，心跳耳热，两脚哆嗦发抖，怀揣不安。

"哈哈，一见钟情，有意思！"果然不出所料，周瑛出去不到三分钟又转回了雅间，怒火在她心里疯狂地燃烧，一阵奸笑之后，骂道，"邱玲，你这个狐狸精，卑鄙下流的烂污货，竟敢勾引浩亮，我千不该万不该把你带来。"

这一骂，田运来、周爱莲顿时紧张了起来，异口同声地问："怎么回事？"

"浩亮看中的是邱玲，不是周爱莲。"周瑛气冲冲地对田运来说。

田运来看了一眼邱玲，一时傻了眼睛，不知如何是好，说道："怎么会这样？"

邱玲本能地低下了头，一股难言的滋味涌上心头，眼里含着泪水，说不出一句话来。没想到好心变成了坏事，猪八戒照镜子里外不是人。

周瑛这一骂，吓得小高飞"呱呱"地哭了起来，又哭又闹，更令人心烦。

"别哭，别哭，"邱玲心慌意乱，丢魂失魄，借小高飞哭闹之机，走出了雅间，下了楼梯，落荒而逃。

（二）

山清水秀风光好，鸟语花香莺声鸣。环境依旧人依旧，只是人情冷暖与日俱增！

几个月后的小高飞开始学爬行了，农村条件是艰苦的，家庭环境是肮脏而不卫生的，小高飞一步一步地在地板上攀爬。

"哎哟，你这个小高飞，把衣服都搞脏了。"邱玲心痛地把小高飞抱起来，放进摇篮里。

转身欲走，不料小高飞又攀着摇篮的栏杆爬起来，"哇哇"地乱喊，邱玲生怕小高飞从摇篮里摔出来，又转回来把小高飞抱出来放在地板上。人生要养育一个孩子不知要费多少的心血照料和呵护啊！

"妈妈。"高娜回来了，眼睛泪水汪汪，直愣愣地说："田耀强打我骂我。"

阎王吵架，小鬼遭殃；大人生气，孩子也跟着遭罪。邱玲走过去抱着高娜亲昵道："田耀强骂你什么啦？"

田耀强是田运来的儿子，年龄和高娜同年大月，都是刚会说话不久的孩子，整天在一起玩耍，玩得开心时都会开心地咪咪地笑起来，今天怎么啦，邱玲不得其解。

"田耀强骂我好难听，我不想跟他玩了。"高娜边说边抹泪水。

"乖乖，高娜乖乖！小孩子吵嘴别往心里去。"邱玲转而说道，"你跟弟弟玩，我做饭好吗？"

"好的！"高娜说着，跑过去和小高飞玩了。

邱玲顿生疑窦，一边做家务一边想，田耀强为什么骂人，莫非是跟周瑛有关，难道我做了见不得人的事？这里面一定有不为人知的秘密，邱玲越想越气。不行，我得去跟周瑛理论理论。转而又想，鸡毛蒜皮的事何必放在心头上。算了，算了，邱玲的一股怒气压回了心里。

然而，事与愿违，本来不想管的事，却被迫去管，屋外响起了很肮脏的声音："小杂种，小杂种。"

够难听的了，邱玲走到门口探头一看，正是田耀强，邱玲强迎笑脸，问道，"田耀强，你在骂谁呀？"

"骂你家高娜，你家高娜就是小杂种。"田耀强耀武扬威地说。

"你才是小杂种。"高娜从屋里走出来反唇相讥。

"你才是。"

"你才是。"两个孩子互相谩骂起来。

"高娜，别跟他吵。"邱玲一边护着自己的女儿，一边来到田耀强跟前，蹲下身去轻声轻气地问，"田耀强你听谁说的，我家高娜是小杂种。"

"是我妈说的，我妈妈常对我说，你不要跟高娜那小杂种玩，不要把她带到我们家里来，弄不好她会偷我们家的东西。"童心无戏言，田耀强的话肯定出自周瑛的嘴。

邱玲半晌说不出话来，田耀强的放肆，实在是一种侮辱。邱玲慢慢地站了起来，说道："高娜，我们回去。"

不料田耀强走过来一把拉住高娜的手，放肆地说："不行，高娜你得承认你是小杂种，不然不能回去。"

这不是欺人太甚吗，邱玲气得脸色发青，一种被侮辱的怒火从心底燃起，吼吓道："田耀强，你要是再骂，割掉你的舌头。"

万没想到，田耀强"哇"的一声哭了起来，边哭边在地上打滚，边说："我要告诉我妈，你打我，我要告诉我妈你打我。"

邱玲害怕田耀强的哭声传到周瑛的耳朵里，她感到了一种威胁，赶忙一边拉他起来一边哄着说："田耀强，不要这样无理取闹好不好，起来，我给你买玩具。"

"不行，不行，我就是要告诉我妈妈，你打我。"田耀强竟然不愿站起来，而且哭声越来越大，挺吓人的。

邱玲好害怕，投其所好："那你要什么？"

"我什么都不要，我就是要高娜承认是小杂种。"田耀强语言带着侮辱的口气。

邱玲还是毫不犹豫，又蹲下去，忍声吞气地说："那可不行，你想想，你想要什么？"

"我不要，我不要。"田耀强不停地大声吼道，爬起来，"啪"一耳光打在邱玲的脸上。

"你敢打我，我不揍你才怪呢。"邱玲害怕周瑛，不便发作，终于沉不住气，站起身扬起了巴掌，又缩了回去，还是不敢动手。

说时迟那时快，田耀强又一个翻滚在地上又哭又闹，这一叫一闹不可收拾，邱玲用尽了看家的本领，也没能把田耀强哄住。

周瑛真的来了，脸色难看极了，阴沉可怕。

邱玲求好心切，问："瑛姐，你来呀？"

周瑛没有理会邱玲，径直来到田耀强跟前，气冲冲地问："田耀强，谁打你了？"

邱玲脸色变了，接过话来，说："没有人打他，是他自己滚在地上哭的。我只不过跟他开了几句玩笑。"

"呜呜……"田耀强痛哭流涕，越哭越凄惨的样子。

"别哭，别哭。"周瑛把田耀强抱了起来，问，"这婊子怎么打你啦？"

田耀强虽小，也跟着周瑛学会说假话了，娇嗔地说："她打我的屁股。"

"瑛姐，话别说得这么难听，我不是婊子，请你不要乱讲，我也没有打田耀强。"为了澄清是非，邱玲只好说道。与此同时，邱玲却感到周瑛的眼睛放射着的目光，仿佛两道电光，让人不寒而栗。

"你没有打他，他怎么会说你打他，你这个小妖精。"周瑛毫不留情地吼道。

"瑛姐，我真的没有打田耀强，你不信我可以对天发誓，我要是打了田耀强，天打雷劈不得好死。"邱玲赌咒道。

"用不着发誓，我只相信我儿子，我不会相信你这个鬼人。赌咒有什么用，赌咒准的话，天底下早就没有人了。"周瑛强势压人，凶辣无情，说话时眼睛依旧咄咄逼人。

"我妈没打你家田耀强，你家田耀强还打了我妈一巴掌，简直是混淆是非，颠倒黑白。"高娜按捺不住了。

"我没打你妈，你别胡编乱说。"田耀强年纪小小的，没想到说了的话竟然不承认，而且还会反咬一口。

"你不敢承认，你是乌龟王八蛋。"高娜用左手食指点着田耀强骂。

"你才是王八蛋。"田耀强一手叉腰，一手指手画脚。

"你才是。"

"你才是。"

"你才是。"

"高娜，别跟强哥吵。"穷人总得忍声吞气，邱玲考虑到丈夫高强还得依靠周瑛老公找饭吃，一把拉住了高娜，有些惊怒又近似哀求地说，"瑛姐，就算我错了好不好，饶了我吧，望你多原谅，我赔个不是了。"

高娜鼻头翘翘的，小嘴巴翘翘的，很是不服气，但又不敢说话，一包泪水溢在眼睛里。

"饶了你可以，你得保证今后不打我儿子，而且还得买十斤花生油给我洗澡，否则的话我不会善罢甘休。"周瑛乘虚而入，仰着脖子，紧绷着脸，撕破脸皮说。

人类的悲哀，就在于不能离群而独居。一旦合群，就必定有摩擦，摩擦是人生最大的误会。

"好好，我一定不再打你儿子。"邱玲委屈地说，"花生油的事，好办，好办，我马上就去办。"

"走，田耀强；我们回去，看这臭婊子说的是不是真话，如果她骗人，跟她没完。"周瑛还是狠狠地说。

"呸——"高娜恶狠狠地在周瑛及田耀强身后啐了一口唾沫，觉得很不是滋味。

邱玲和高娜返回屋里，没想到小高飞屙得满地都是屎，又臭又脏，弄得小高飞的裤子上也是。

"妈，好臭哟。"高娜捂着鼻子又跑出屋去。

邱玲把屋里的脏物脏屎打扫干净，又用拖把拖过一次地板，再用香水喷一喷，屋里的空气立即变得清新自然，邱玲再把小高飞抱到卫生间洗澡换衣服。

高娜从屋外又转回屋里来，气呼呼地说："妈，刚才你为什么答应田耀强他妈妈的条件，又不是我们的错！"

"高娜，你还小，你不懂。"邱玲唉声叹气地说，"我们家里穷，你爸爸又得依靠田耀强他爸田运来去挣钱，不答应她条件不行啊！穷人就得忍辱偷生。"邱玲忧心忡忡地说。

"爸爸就不能自己去找工作吗，为什么非要依靠田耀强他爸爸?"高娜很有骨气地说。

"高娜，你以为想去就去呀，建筑工没人带去人家不要的。要是自己去领工就别说了，你爸爸只有小学文化，连图纸都不会看，一只鸡卖了多少钱，多少钱一斤，一斤多少钱都不会算，怎么敢去领工做。"邱玲数落着说。

"爸爸，为什么这样笨?"高娜忽然脑中一闪问。

"这就是不读书的下场，不读书就得当牛做马，累死累活地干。人家田耀强他爸爸是市一中毕业的学生，能不会看图纸吗。当工头又是轻活钱又多，你爸爸得一元他得两元，这么多人为他打工，他不富才怪哩！"邱玲羡慕地说。

"妈，我以后好好读书，长大后帮爸爸看图纸，当工程师。像田耀强他爸爸那样有钱。"高娜天真地说。

"等你读书出来，你爸爸都老了，白蚁都要向他招手了。"邱玲淡淡地说。

"妈，别说得这么快。"高娜不相信地说。

"高娜，别说这么多废话了，你和弟弟在家玩，我到村上农贸市场上去买十斤花生油回来给田耀强他妈妈，要不田耀强他妈妈又来闹事了。"

"唔!"高娜沉吟片刻，说，"你去吧，快去快回。"

邱玲梳洗一番，打扮了一下，打扮得漂漂亮亮，换上新衣服，提着小提包出去了。

农贸市场热闹非凡，市场里充满着喧嚣与诱惑。卖鱼卖肉，鸡鸡鸭鸭，青菜，种类繁多，还有饭店茶馆，一个小小村街就像一只小小的麻雀，五脏俱全。邱玲走过了菜市肉行，摩肩接踵，左躲右闪，走过熙熙攘攘热闹的人群，沿着人行道走去，来到一间卖油店。上天真会捉弄人，正要开口说话，却被一只手抓住了肩膀，回头一看，正是和周瑛去相亲时认识的媒婆方丽梅，她眼里流露出诡异的笑意，说："邱妹，我正要找你，真是有缘分哪，浩亮正在等你呢。"

"浩亮怎么知道我在这里，他等我干什么?"邱玲又惊喜又害羞地问。

"约你去吃饭。"方丽梅诡异地笑了笑，眨了眨眼。眼睛常常比人的嘴巴更会说话，拖着邱玲就要到饭店去。

"不行，我要买油回去，两个孩子丢在家里没人管，我不放心。方丽梅，你这样做人将会被千人所指，万人所骂。"邱玲神情严肃，语气有点冷淡。

"哎哟，邱妹! 世界上并没有人因为你这么做而赞美你。你真是有眼不识泰山，浩亮可是个鼎鼎有名的大老板，开有几家连锁超市商场，每天数以万计的收入，而且生意越做越大，别说你嫁给他，你就是做他的情人，到他的超市当个售货员，也享不尽荣华富贵。"方丽梅妙语连珠，把邱玲缠住。

邱玲心动了，带着心绪复杂而凌乱的心跟着方丽梅来到了一个饭店的雅间里，胡作梅陪着浩亮坐在餐桌边，见邱玲来了又是倒茶又是挪凳。

浩亮更是喜出望外，本来方丽梅和胡作梅今天要介绍个美女给浩亮相亲的，不知女方出了什么意外没有来，邱玲的出现，让他高兴得不得了。

邱玲努力压制住内心的狂跳，看着浩亮，眼色忧心忡忡，笨拙地问："浩亮，你找我有什么事？"

"没什么事，请你吃一顿饭，聊聊天，请坐吧！"他好轻好轻地说。人比黄花瘦，浩亮富有同情心，痛楚地望着邱玲，几天不见邱玲瘦多了。

邱玲坐了下来，浩亮拿起茶壶给邱玲倒了一杯茶，一股清香醇美扑鼻而来，邱玲问道："这是什么茶这么香？"

浩亮津津乐道："这是沙田大叶茶，茶很清香，喝吧！"

邱玲端起茶杯喝了一口，赞道；"哇！清爽凉口，真不错，又甘又甜，我今天是第一次品尝这么香的茶。"

"慢慢品尝。沙田大叶茶能润喉止渴，健脾和胃，还能提神醒脑。"浩亮和蔼可亲地说。

"你想聊什么？有什么好聊的？"邱玲重挑话题，看着浩亮的脸发问，眼里流露出淡淡的哀愁，语态表情却有些波动。

"不要愁眉苦脸的，等人是一种美好的享受，可以静静地回忆许多美好的往事，我等你好久了。你先听我解释，我知道我们之间有一条不能飞越的深谷，人的一生有很多奇遇。那天我相亲之前和朋友在家里喝了两杯酒，一时冲动丢丑了。我知道那天相亲很不礼貌，失态了，我今天来是赔礼道歉的。没有别的意思，你不必紧张，我不会强人所难。玲姐，这话可不是三言两语说得清楚的，让我在这里说声对不起就是了。玲姐，我想过了，只要把握好自己做人的原则，立得稳，站得直，跟任何人做朋友都不是坏事。玲姐，我们交个朋友吧！"浩亮态度温和，言语诚恳，说话的声音温文尔雅，热情得让人不好拒绝。

邱玲脸倏地红了，但只一瞬间，就发出一阵银铃般的笑声，说："没什么，我不会在意的。"

浩亮高兴地说："不在意就好！"

"我当是什么事，原来是这样。那天我就觉得你有点儿不对劲，我以为你感冒发烧了，好端端的一个人，怎么说些没头没脑的话呢！现在才明白是这个原因。"邱玲声音十分悦耳动听。

"那天，我把你吓到了是不是？"浩亮笑着问。

"那天我真有点害怕，要不我怎么走得这么快，"邱玲心里明白浩亮说的都是好听话，想偷香窃玉是真，其他都是假。心里有说不出的高兴，"你正值青春年华，学问好，相貌好，还怕找不到好女孩？"

浩亮接着说："在我们南方的山村，女孩实在太少了，漂亮的女孩就更少了。"

方丽梅担心浩亮惹出意外，赶紧打断他的话，说道："邱玲，你想吃什么菜，你去点。"

"我什么都不想吃，我只想回去。"邱玲站起身又想走。

"哎哟，既然来了，多多少少吃一点，你不吃我们也要吃，不给我们点面子，不是白忙了吗？"方丽梅十分诡异地说。

"是呀，就是嘛！"胡作梅附和道。

说到这里，邱玲想想觉得也是，两个媒婆毕竟是为了她好，不可让人家下不了台，更何况浩亮也没有恶意，她松了一口气，坐了下来，说道："我没空，叫王老五快点上菜，我吃什么都没问题。"

"好哩！"胡作梅慷慨地喊道，"王老五，上几个菜吃饭。"

"来了——"王老五在城里干过好多年饭店帮工，眼明手快，做几个拿手菜，不到半个小时，一桌香喷喷的菜上来了。

浩亮不停地给邱玲夹菜，嘴里不停地说："吃吃，多吃点菜。"

"邱妹，你有几个兄妹？"方丽梅借故东拉西扯。

"只有弟弟和我。"邱玲随口答道。

"你弟弟结婚没有？"方丽梅关心地说。

"没有，见到有靓妹给介绍一个呗。"邱玲逢场作戏，很随意地聊着。

"当然。你爸妈是干什么的？"方丽梅开始刨根问底。

"我爸是宰猪卖猪肉的，我妈是摆水果摊的，生活条件还不错，天天有肉有水果吃，你尽管介绍。"邱玲吹了起来。

浩亮插上话来，说："你家生活条件这么好，当年为什么不好好读书，早早嫁人？"

"有钱难买早知事，读书时根本就不知道社会是那么残忍无情，恶劣而又复杂，真是个错综复杂的世界。"邱玲叹道。

"人生多读点书好，这个世界是知识的世界。多读点书，在社会上就不会吃那么多的苦头。"浩亮同情地说。

"生来没有读书的缘分，在学校时只有一颗纯洁的心，认为世界上都是好人，童心未泯，老是贪玩，玩得开心就成，一混就是结婚。"邱玲如梦方醒一般。

"人就是这样，错过了才知道后悔，世界上什么药都有，唯独没有后悔药。"浩亮微笑道。

"结婚后才知道人心险恶，人生路上有荆棘，有毒蛇和猛兽，才知道踏入社会太早了。"邱玲边吃边谈。

开始时还有点拘束，女人的心说软就软，过了一会儿，拘束感觉荡然无存，邱玲铁石之心变得柔软了，渐渐就像两个相识许久的好朋友，打开了话匣子，畅所欲言。

"你现在还想不想读书？"浩亮的眼光温柔而又热烈。

"想，我当然想呀！我做梦都想读书，可是哪里还有读书的机会吗？"邱玲反问道。觉得浩亮的话听来很亲切舒心，邱玲畏怯消失了，恐惧飞走了，最初的羞涩很快在轻松的交谈中烟消云散，毫不设防地和浩亮聊开了。

"在学校读书的机会是没有了，但可以自学呀，如果你愿意，我可以教你。"浩亮真诚地说。

"好呀！"邱玲求之不得，兴奋地说。

"一个人只要不怕困难，持之以恒地学习，功到自然成，是金子总会发光的。"浩亮给予邱玲启发。

邱玲生命中重新焕发出一种耀眼的光彩，脸上顿时显得开朗而明快，欢喜的情绪不自禁地布满了她的胸怀，脸上渐渐地漾开了一个笑容，她被说动了，笑着回答浩亮："浩亮，你真是个好人！"

浩亮一本正经地说："我也不是读书高手，但总比你阅历多，我们可以共同探讨嘛，你说是不是？"

"是，是。"邱玲微笑着不断地点头，敬而近之。他们一边吃一边聊，气氛既和谐又热烈，邱玲的戒备心消失了。

"所以，你要想想你喜欢哪一方面的知识，就买哪一方面的书籍，发挥你的优势，书本是前人用经验写出来的。"浩亮自然地聊着。

"我都说不准我想学哪一方面的知识。"邱玲思考着说。

"你想想再定吧，书我可以帮你买，你每天抽一点时间学习，日积月累，你就有很多知识，只要你有真才实学，有非凡的本领，在社会不怕找不到饭吃。"浩亮一番慷慨陈词。从中国历史的风土人情到洋枪洋炮流入中国，说得神乎其神，没有文化就要受侮辱，没有知识就要受到欺凌。

"浩亮。"邱玲轻声地喊了一声，轻松地问，"我知道知识能改变命运，可是自学成才有多难呀？"

"没有上进心的人是不会自学的。我爸爸说不想当将军的士兵不是好士兵，你想想不想当将军的士兵会是怎样当兵的呢，想当将军的士兵又是怎么当兵的呢。不想当将军的士兵肯定是吊儿郎当睡懒觉的那一种，恰恰相反，想当将军的士兵整天在训练场上苦练军事技术，不怕苦和累。"浩亮自豪地说。

"这么说你爸爸是知识分子？"邱玲愕然地问道。

"知识分子谈不上，我爸爸是老三届高中生，不论是写毛笔字还是钢笔字都是一手好字，他学习很下苦功。因为年代不同，那时候没有高考，听说是保送上大学的，我爸爸未能如愿以偿读上大学。任何人的成才都是需要机会的，我爸爸失去了成才的机会。"浩亮痛心地说。

邱玲用手掠了掠头发，问："你爸爸爱自学？"

"当年有过这样一句话，人不学会落后，刀不磨会生锈。我爸爸怕落后于时代，所以爱自学？"

"你爸爸都学些什么呢?"邱玲言谈自如。

"开始我爸爸是盲目的,什么书都看,漫无目的地学,就像爱迪生发明电灯一样,一边学习一边实践,尝试了一次又一次,不断地总结失败的经验,头脑储存了许多阅历,总结了许多人生的经验,在社会上见不到的事,在书本上见到了,在风云变幻中应用自如。学习也可以培养人的毅力,没有毅力的人是不会成才的。学啊学啊,夜以继日地学,尽管白天干着农村的繁重体力活,他却以读书为乐,坚持学习,久而久之,我爸爸的头脑里装有好多知识。"浩亮越说越有劲。

"后来,你爸爸成就了什么?"邱玲最爱听的就是"后来"两个字。

"人贵在年轻,年轻就是财富。我爸爸错过了年轻时期的读书机会。"浩亮越聊越投机,放下筷子说,"可悲的是,当我爸爸发现读书成才的道路后,人已经老了。他虽然算不得成功,可出了我这个高才生也值了,没有我父亲的努力,就没有我的今天。而且他说,读书人的心永远年轻,有种莫名的乐趣。探索路子为人类造福,默默奉献,感到无比地光荣。我爸爸写了一本书叫作《金色梦幻》,没有正式出版,我送一本给你吧,你遇到困难时就看看这本书。这本书会助你走上新的台阶,让你达到理想的彼岸。"

浩亮和邱玲一起谈经历,一起谈人生,一起谈理想,喋喋不休。谈谈说说,说说笑笑,漫无边际地谈天说地。浩亮言谈举止都透出一种儒雅的气质,显得那样有礼貌,那样斯文。而邱玲性格开朗,活泼,爱说爱笑,对生活充满着无限的憧憬,经浩亮一感染,灵魂深处也变得高雅而纯洁,两颗心的距离也慢慢地靠近了。

邱玲放下筷子,毫不犹豫地从浩亮手中接过那本书,欣喜若狂,眼里闪烁着爽朗的笑容,落落大方地说:"谢谢!谢谢!"

"不用谢,我们已经是朋友,你以后有什么困难尽管找我,只要我办得到,我一定帮你。"浩亮微笑着说,一脸惬意。

邱玲站起身,这时才发现方丽梅、胡作梅早已走了,含情脉脉地望着浩亮,动情地说,"我回去了!"

"好，你回去吧，后会有期！"浩亮的脸上露出微微的笑意。

邱玲嫣然一笑，笑若桃花，充满着青春的活力。提起花生油，拿着那本书依依不舍地走了。

回到家里，小高飞和高娜都木木地看着邱玲，也许玩昏了头，有种说不出的感觉，好久才反应过来，同时喊道："妈妈——"

邱玲发疯似的抱着小高飞笑着说："妈妈找到法宝了，以后我要用知识的力量改变我们一家的命运。"

小高飞和高娜也跟着邱玲笑了。

（三）

傍晚时分，大地披上了一层阴沉沉的颜色，天气有点闷热，令人浮躁不安。

邱玲提着花生油来到了周瑛家，在门前喊道："瑛姐，我送花生油来了。"

"周瑛不在家，到菜地去了，你找她有什么事？"出来的是田运来，他不冷不热地问。

"瑛姐叫我买花生油给她洗澡，我买来了。"邱玲认认真真地说。

"哎哟，你别听她这个三八婆讲，花生油那里能洗澡，你拿回去。"田运来好声好气地说，他并不是见钱眼开的人。

"谁说花生油不能洗澡？"屋边传回了周瑛的声音，周瑛提着一筐青菜匆匆忙忙回来了，径直地来到了邱玲及田运来跟前。

"我说的，怎么啦？"田运来瞪大眼睛看着周瑛说，"你简直是不要脸，世上哪里有你这样做人的，真是头发长见识短。"

"我头发长见识短，你就看着你儿子受她欺负吗？"周瑛不甘示弱地说。

"小孩子吵架哪能当真，你那么斤斤计较，小孩子的话不可全信。"田运来不自然地说，"小孩子为了得到父母的宠爱，有时候什么话都说得出。"

"我不信,田耀强不会骗我。"周瑛不服地说。

"不信,你就叫田耀强出来。"田运来觉得应该澄清是非,以正视听。

"田耀强,田耀强。"周瑛向屋里喊道。

"嗯。"屋里传出田耀强的声音。

"你出来一下。"周瑛假装生气地说。

田耀强一溜小跑地出来了,望着周瑛问:"妈妈,什么事?"

"你跟妈妈讲,不许说假话,要说真话;今天上午是不是邱阿姨打了你?"周瑛对田耀强暗中眨了一下眼,用眼色暗示田耀强不要讲真话讲假话。

田耀强看不懂周瑛的暗示,摇摇头说:"邱阿姨没有打我,是我打邱阿姨的。"

"你……"周瑛气得浑身发抖,顿时瞪大眼睛,许久才说,"气死我了,你,你这个直肠子的,怎么能打邱阿姨呢?"

"你教我骂高娜,所以我和高娜吵了起来,邱阿姨帮着高娜,我吵不过她,我就打她。"田耀强实话实说。

真相大白,田运来看着周瑛,肺都气炸了,说:"邱玲怎么得罪你啦?真是丢人现眼,你为什么要教孩子骂人?"

"她对我不仁,我就对她不义。"周瑛气愤地说。

"邱玲怎么对你不义啦?"田运来勃然大怒。

"你不记得,小姨相亲那天,是她坏了小姨的好事。"周瑛觉得颜面无光,牛脾气发作了。

"是你叫人家邱玲去陪着相亲的,你不感谢人家邱玲,还说这混账话。"田运来帮理不帮亲。

"好啦,田老板。谢谢你的好意,不必为难你。"邱玲说完转向周瑛,心平气和地说,"瑛姐,都是我的错,你就把花生油收下吧,算我领了个教训。"

周瑛正要从邱玲手中接过花生油,田运来雷厉风行地说:"不行,不能要邱玲的油，错了一次，不能错第二次，我男子汉大丈夫我说了算。"

"瑛姐，你拿回去，别听他的。"邱玲把花生油交到周瑛的手上，转身就要走。

"不行。"田运来把邱玲震住了，说，"邱玲，你今天不把花生油拿回去，明天我就叫你家高强不用去上工了。"

邱玲真不知如何是好，想把花生油拿回去吧，又已经交到周瑛的手上了，算了吧，又怕田运来停了丈夫的活，真是左右为难。

田运来看出了邱玲的心思，以命令的口吻对周瑛说："还不把花生油还给人家邱玲。"

周瑛极不情愿地把花生油放在邱玲面前重重地放在地上，还说了一句气人话，说："算你走运，算你长得漂亮有面子。"

"你怎么能这样说话，越说越不像话了。"田运来吼道。

周瑛提着菜篮，拉着田耀强进屋去了，心不平气未消。

田运来赔个不是，说："邱玲，对不起，你不要把周瑛不讲理的事放在心里，她就是这个臭脾气。不管怎样我们还是邻居嘛！"

"我不会放在心里的，你大人大量，我感激不尽。田老板，多谢你了！"邱玲打心眼里感到高兴。

"不用谢，该我谢你才对。回去煮饭吧，你家高强在等你呢。"田运来边说边挥手让邱玲离去。

夜，静静地流逝，是多么的漫长。邱玲躺在黑暗里翻来覆去睡不着，彻夜不眠，像一只受伤的小鸟，躲在草丛里独自舔着伤口。满脑子都是周瑛，浩亮，田运来，他们给她印象是丑陋善恶。人世间到底有多少种角色，她弄不清楚。她拉亮电灯，看看高娜又看看小高飞，心里在说，我的千金，我的宝贝，你们长大后可要争气呀，千万不能让妈失望呀！邱玲独品着痛苦的滋味。

"喔喔，喔——"窗外传来了公鸡的叫声，这是几更了，公鸡就叫了。邱玲想着拿起手表看了看，正是凌晨两点半，她索性爬起来，拿起浩亮给她的那本书读起来，看着看着，有一段极其吸引人的文字：这样的忍耐，不是屈服，而是退中另谋进取；不是逆来顺受，甘为人奴，而是委曲求全以便我行我素。

邱玲顿感眼光发亮，这是多么好的哲理，让人找到了方向。于是她继续拜读下去，奇怪的是她整个晚上一直在读书，并不觉得困，越读越有味，越看越精神。第一次尝到了读书的甜头，怪不得人们常说，书是人类的精神食粮，终于领悟到了。

但是，在失眠的时候，读书又有催眠的作用，读呀读呀，就困了。看了一两个钟头的书后，嘴巴就张开了——"哈——欠。"

上床睡觉，好困了。天亮了还有好多活要干，邱玲躺回床上慢慢睡去。

夜慢慢地消逝，眼睁睁地苦熬了一夜，又是新的一天开始，又是机械般的工作。首先在屋前做段健美操，再接着放鸡出笼，再就是煮早餐给高强吃了去上工，工作有条不紊，环环相扣，件件紧接。

"老公，给点钱买奶粉吧，小高飞快没奶粉了。"邱玲看着高强吃早餐的时候，漫不经心地说。

"奶粉？"高强声音拉长一度，难过地说道，"我的钱都输光了。"

"你不是去做建筑吗，什么时候学会赌钱了。"邱玲心碎神伤，眼光十分锐利的嚷道，"你这个贱骨头，你敢去赌钱，我跟你没完。"

"我只是第一次，下次不赌不行吗？"高强求饶道。

"你拿什么做保证，没有下一次？"邱玲板着脸问。

"砍手指，砍了一只手指总可以了吧？"高强说着拿来菜刀，伸出左手的食指放在菜板上。

"这可不行，你得约法三章。"邱玲阻止了高强的做法。

好男人怕老婆，高强言听计从，问："哪三章？"

"第一，建房时，我借亲戚的六万元钱，你在今年内必须把钱交给我，把钱还清。"邱玲狠心地说。

"我的天呀，我哪来这么多的钱！"高强急了，叹道。

"你可以向田老板借，也可以向工友借，你想你的办法。"邱玲没有给高强商量的余地。

"第二呢?"高强苦笑着问。

"人,没有远虑必有近忧。你每个月从工钱里拿出 500 元钱用我的名字存入银行,任何时候都不能领取,以便孩子大病急用。第三,每月拿出 500 元钱用你的名字存入银行,我留密码,这笔钱作为儿女读书的后备金。"邱玲依然板着脸说。

"你真会精打细算,好吧,我依着你,我变牛做马也要挣到这笔钱,谁叫我是男人。"高强虽然嘴贫,但总有点讨好老婆的本领。

"高强,出发啦。"田运来又喊了。

"嗯——"高强应声推车出门。

"老板,今天应换工地了吧?"路上高强问田运来。

微风轻轻地吹,树儿轻轻地摇。天上传来了快乐的小鸟叫声,高强却心事重重,心里老是想着邱玲吩咐那些钱的事。

"是呀,今天到镇上建一个超市,是我们山珊镇最有钱的老板建的,老板姓浩,才二十七八岁。"田运来随口说了出来。

"才二十七八的青年,就有这么多钱办超市了?"高强不大相信地问。

"人家是名牌大学毕业的,学的是经济学,又是科班出身,脑瓜灵,精明强干,不可能像你这贫驴的头脑那么简单,脑瓜团团转哩,钱越赚越多"田运来艳羡地说,"我想介绍我小姨给他做老婆,谁知他看不上。"

"你怎么知道他看不上,相过亲啦?"高强猜疑着问。

"相过亲了,就是……"田运来想起那天相亲的事,是和高强老婆有关,怕说漏了嘴,话到了嘴边又收了回去。

工地上,机声隆隆,建筑工人忙来忙去。高强是砌砖的,他虽然只有小学文化,却砌得一排好墙砖,笔直,垂直对称相应无差错。

"师傅,你砌的墙真好看。"高强在砌墙时身后传来赞美的声音。

"老板,你过奖了。"这年头逢人都爱称老板,高强虽然不知哪个是这房主的老板,却被他随口喊中了。

"没过奖,我说的是真心话。"浩亮实事求是地说。

高强停下砌墙刀，看了看来者，问："老板，贵姓？"

"我姓浩，名亮，叫浩亮，"来者用平易近人的口气说。

"哦，浩老板就是你呀，久仰久仰！"高强肃然起敬，恭恭敬敬地说。

"算不得什么大名，人生只不过找碗粥吃。"浩亮显示出蔼然可亲的个性，虚心地说。

"总比我们这些风吹日晒的苦命人好，我们这些建筑工不是泥就是汗，有时候汗水把身上的尘土变成泥浆，太阳一晒就成了个泥人。"高强自暴自弃地说。

"人生总得找饭吃，只是分工不同而已，建筑工人也不见得下贱，虽然辛苦了点，每天却有一两百元的收入，比有的国家干部好多了。"浩亮称道。

"对了，浩老板听说你是名牌大学毕业，为什么不去做公务员？"高强奇怪地问。

"人各有志，我不想考公务员，官场驰骋。我经商做生意自由自在，多好。"浩亮得意地说。

高强转而一想，今天上午老婆大人逼他要钱还债，这浩老板这么有钱，又这么亲近人，不妨试着向他借一点，求财不得工匠在，他一语带过，笑嘻嘻地说道："浩老板，你一年捞这么多钱，借一点给我吧？"

"你借钱做什么？开玩笑吧！"浩亮不相信地答道。

"真的，我去年建房借了人家的钱，现在人家追债了，你帮帮我吧。"高强老实地说。

"我借钱给你可要利息呀。"浩亮提出了借款条件。

"可以，可以，就算是高利贷我也认了。"高强求之不得，连连答应。

"开个玩笑，我既然借钱给你就不会要你的利息。"浩亮扬声答道。

浩亮能在金钱和精神的双重世界游弋自如，而且他有着施恩不图报的君子之风。

"浩老板，那你什么时候借钱给我？"高强如同急于求成的生意人，忙追问。

"什么时候都可以，现在也行，你得打借条给我啊。"浩亮大大方方地说。

"可以，可以，我马上就打。"高强说着就去找纸找笔。

"你要借多少钱?"浩亮打量着高强。

"六万，就六万块钱。"高强伸出右手的拇指和尾指。

"我现在资金有点紧，建超市又要进货，资金周转不开，等我调进资金再说吧。"浩亮反悔了，说完转身就走了。

意外的收获，傍晚收工回家之后，高强打开摩托车尾箱，笑逐颜开地说:"老婆大人，你猜我拿的是什么东西?"

"什么东西?"邱玲睁大眼睛问。

"你猜呀!"高强还是笑眯眯地说。

"我猜不着。"邱玲放弃了说。

"钱呀，足足六万块钱。"高强笑呵呵地说。

"钱?"邱玲不敢相信这是真的，不高兴地问道，"你哪来这么多的钱，你又去赌钱了?"

"你甭管。"高强突然骄傲起来。

"我就要管，说不定这钱是你赌来的，赌来的钱我不喜欢。"邱玲说着板起了脸来。

"好，我说，我说，"男人就是怕老婆，高强佯装笑脸讨好邱玲，他把借钱的经过原原本本地讲给邱玲听，他说，"原本浩老板不愿借的，我说我是九龙冲的，家里有老婆小孩，生活十分拮据，每日这点工钱只够养家糊口，建房借债不到一定时间，哪里积蓄得到这么多钱还债。他问我你老婆叫什么名字，我说邱玲呀，他就说，成，你打借条给我。"

不看僧面看佛面，邱玲一种感激之情油然而生，傲慢地说:"你知道浩亮为什么借钱给你吗?"

"知道呀，是我向他诉苦感动了他。"高强慢条斯理地说。

"呸!"邱玲气冲冲地说。

"不是吗，我一拜三叩头他才把钱借给我。"高强丈二和尚摸不着头脑。

"你知道吗，浩亮还没结婚，他是我朋友，"邱玲说着唰地红了脸，说，"那天周瑛的小姨去相亲就是他，他没有看中周瑛的小姨。我认识了他，他要我和他交朋友，我答应了。"

"浩老板和你交朋友，男女之间交朋友，没有爱情的朋友，能成为真正的朋友吗？根本存心不良。"高强提高嗓子说。

邱玲"扑哧"地笑了，但很快又收敛了笑容，说："爱情是自私的，爱情是容不得第三者分享的，如果你疑心，你就尽快把钱还给人家。"

"我知道，我们省吃俭用，手头再紧也不能乱花钱，尽快把钱还上。"高强真有一份担心。

"这就对了，我生是你的人，死是你的鬼，"邱玲信誓旦旦地说，"其实浩亮是个心地善良的男人。"

"高老兄，高老兄。"门外来了个不速之客，工友来访了，高强打心里感到高兴。

"什么事，急急忙忙的？"高强走出门口一看，怔住了——是涂桂。

涂桂走到高强面前，眉开眼笑地说："听说超市浩老板借给你六万块钱，调两万给我吧，我今晚要是赢了，回来马上还给你。"

高强脸上露出为难的神色，说道："涂桂，我劝你别赌了，我都输怕了，辛辛苦苦挣来的钱，眨眼就不见了，何苦呢？"

涂桂也是九龙冲的人，年龄比高强小不了几个月，瘦削的嘴巴周围长满了又硬又粗的胡楂，身上穿着一套皱巴巴的旧西装。赌瘾成性，屡屡不改。

"你不用劝我，你借还是不借？"涂桂发出雷鸣般的声音，眼中杀气腾腾，脸上流露出不耐烦的神色。赌钱人就是这样，凶神恶煞，好像欠他的债一样。

"呜呜……呜呜……爸爸。"小高飞哭着走到高强身边。

高强蹲下身去，把小高飞抱起来，哄着说："别哭，妈妈打你是不？"

"唔。"小高飞止住了哭。

"高老兄，你到底借不借钱给我，回我话。"涂桂乜斜着眼，醉眼蒙眬，喷着酒气说。

"涂桂，我们家境你也知道，借得周身债，我也是急着要还债，才想出个东墙补西墙的办法，我借得这点钱，怎么可能又借给你呢！"高强不好意思地说。

"你这个灰佬，不够朋友，"涂桂狠狠地骂了一句。

"呜呜。"小高飞又哭了起来。

涂桂无可奈何，走了。

（四）

第二天早晨，高强又上工去了。

邱玲坐在晒坪边呼吸着清新的空气，闻到了屋边香椿树那醉人的清香，她拿出浩亮送给她的那本书，孜孜不倦地读了起来。

父母是孩子最好的老师，当邱玲全神贯注地看书时，高娜与小高飞也受到了影响，搬着凳子坐在邱玲旁边，伸长脖子看着书。

"玲姐，在干什么呀?"一位不速之客走了过来。

邱玲猛地抬起头来，应道："没干什么。"

邱玲放下书本看看，不禁愣住了，出现在眼前的是周爱莲，心里立刻产生了一种顾虑，心想，来者不善，善者不来。

"哈哈，玲姐没想到吧?"周爱莲知道为了相亲的事，邱玲担心她来闹事。她走到邱玲跟前和颜悦色地说，表情既和善又礼貌。

邱玲一下子戒备消失了，"扑哧"地一笑，说："我的天呀，今天刮的是什么风?"

"怎么，不请我进去坐坐吗?"周爱莲甜甜地笑着说。

"请进，请进，哪有不请的道理，家来贵人求之不得呢!"邱玲不愧看了几页书，才思敏捷，出口成章，说话的水平高多了。

周爱莲走进屋去，到处瞧瞧，然后坐到沙发上，故意赞道："玲姐，这房子好宽敞呀，真漂亮。"

"哪里，哪里，让你见笑了，穷人家就是这样子，有的住就不错了。"邱玲说着转身喊道，"高娜，快问周姨好呀！"

"周姨好！"

"周姨好！"

高娜和小高飞都有礼貌地喊道，从小就培养了敬长辈的习惯，嘴巴甜甜的，让人觉得可爱。

周爱莲弯下身去把小高飞抱起来，嘴里不停地说道："啊呀！好漂亮的小男孩。"

"不闹事的时候乖，闹起事来就不乖了，一点意思都没有，要买玩具的时候，不管三七二十一就是要。"邱玲宣扬着儿子刚烈的性格。作为父母，大多都拿儿子的蛮缠吹毛求疵。

"小孩子都是这样，见到新鲜事物都有一个好奇心，所以见到什么新鲜玩具都想要，这是孩子的特点。"周爱莲善解人意地说。

"不过，大多数是听话的，我看书的时候，他会在我身边静静地坐着，或只玩他自己的，不会打扰我。"邱玲又吹起儿子的诚实来。

"唉，玲姐，你也爱读书吗?"周爱莲吃惊地问。

"是呀，书是人类的精神食粮，就像人吃饭一样，一天不吃饭就要挨饿，人不读书就会失去斗志，读书，从中得到启发，可以提高人的智慧。"邱玲神采奕奕地说，"这些都是浩亮告诉我的，经过认真学习，我在书里学到了很多东西。"

说到浩亮，周爱莲的脸先是一红，既不开心，也不动怒。然后佯装若无其事地说："浩亮对你真好！"

"是的，我算是遇上贵人了，我这辈子能够认识浩亮，真是三生有幸，但是，有缘无分，有贼心没贼胆的，我们女人都得守妇道。"邱玲小心翼翼地说。

周爱莲心中暗喜，问："玲姐，你能不能帮帮我?"

"帮什么?"邱玲明知故问。

"帮我向浩亮借本书，我也想读书，开开眼界。只要是健康的书，只要是浩亮借给我的书，我都会读。"周爱莲拐弯抹角地说，不敢叫邱玲做媒。

"行，我助你一臂之力，让你美梦成真。"邱玲和善可亲。

一张张日历，一页一页地翻过去；日子在一天一天地溜走，时间在流逝。周爱莲有事没事，三天两头地往邱玲家里跑。

日月荏苒，一转眼一个月过去了。今天周爱莲特别慷慨，提着一包东西进门来了。

"哎哟，周爱莲，你这是干什么，你拿这么多东西来?"邱玲极不好意思地说。

"没什么，就几个玩具，两斤水果，是给小高飞的，谁叫我们是女人呀，我们女人就是这样爱孩子。"周爱莲说出了女人的心声。

"哎哟哟，真是女大十八变，周爱莲你越长越漂亮了，已经出落成一位大美人，美丽如花；浩亮见了准会垂涎三尺。"

邱玲的话像针一样刺痛了周爱莲的心，她含羞地说："玲姐，你总爱拿人家开玩笑。"

"哪个少女不怀春。男大当婚，女大当嫁是人类发展的规律。"邱玲正正经经地说。

三个女人一台戏，两个女人也一台戏。周爱莲羞答答说："玲姐，别说了，我不喜欢听。"

"哟，真的害羞了。"邱玲发出一阵银铃般的笑声。

笑声之间，高强回来了，他听到笑声，开口问："什么事，这么高兴?"

"没你的事，去你的。"邱玲说着瞪了一眼高强，又瞟了一眼周爱莲。

高强顺着邱玲瞟的目光看去，房间里的书桌前坐着一位靓女的侧影，心里喜滋滋的。他也想饱饱眼福，满脸堆笑地问："哟，家里有客人?"

周爱莲敏感地看了一眼高强，礼貌地说："高叔叔好!"

"好好。"高强回应道。心里却很不是滋味，心中暗想，本人与美女相比，大不了几岁，却成叔叔了，高强看得有些入迷，眼睛有点走神。

邱玲轻咳一声，说："这是周瑛的小姨周爱莲，你没见过吧，上个月我陪她大姐周瑛去相的就是她的亲，我认识了她。"

"啊啊，是这样！"高强傻笑道。

"你啊什么呀，看你傻兮兮的，快去准备晚饭，多做两道菜。"邱玲生气地说。

"好的，"高强慷慨激昂地说，"老婆大人，你要吃什么菜？"

"我要吃龙肉，你有吗？"邱玲习惯性地吼道。

"有，我马上去买回来。"高强笑呵呵地说，推起摩托车又出门去了。

"玲姐，你叫你丈夫去买什么呀，我以为你是赌气，他真的去买龙肉呀？我不吃什么的。"周爱莲吃惊地问。

"别听他胡说八道，说不准他去办什么事呢。"邱玲正经地说。

周爱莲也就放心了，无所事事继续看书。人生下来并不完美，要经过风吹雨打才能成人；人不都是一帆风顺，大多的人要经过曲曲折折，要经过痛苦的磨难，甚至让人在绝望中挣扎，才能达到成功。

啊！原来读书也是一种享受。周爱莲突然说道："玲姐，怪不得你那么有精神，原来书本给了你力量。"

"是呀，当有人骂我的时候，我就想大人不计小人过；当有人和我争名誉时，我就会想人不一定样样要第一；有人惹我生气时，我就会想到尽管心里很恼火，表面上则若无其事；当利益关系有冲突时，我就会想到强手如林，何必斤斤计较；当我遇到困难时，我就会想到爱迪生；当我遇到不幸时，我就会想到比起遭受天灾人祸的人算不了什么；当有人诽谤我时，我就会想到世上的毒蛇和猛兽，人生要慎重小心；当我觉得手头紧时，我就会想到船到水路开，车到山前必有路，天无绝人之路；当我们两口子发生口角时，我就会想到夫妻吵架莫记仇。总之，书本语言是医疗创伤的良药，书本是我的良师益友。"邱玲如数家珍一般说了出来。

"玲姐，你什么时候去帮我向浩亮借一本好书给我阅读？"周爱莲已经迫不及待了。

"读书的日子总是过得很快。读一本好书如交一个好朋友，它虽然不那么热情，但它非常真实；读一本好书，能让你振奋精神，不会迷失方向；读一本好书，会让你依依不舍，终生难忘。"邱玲没回周爱莲的话，又是一番刻骨铭心的话语。

高强回来了，他傻呵呵地笑道："刚才经过农贸市场酒店时，有个靓女硬拖我进去，叫我进去玩玩开开心。"

"高强我提醒你，自古红颜多薄命，如果你不想吃百岁饭的话，你就去嫖，要是染上艾滋病，你这一世就完了，到时我懒得理你，"邱玲警告说，"你可记得借浩亮的六万元钱还没还呢，每月给孩子读书的备用金，大病救急费都要存入银行。"

"记得，记得，老婆大人，砍手指的事哪有不记得的，你还告诉过我，自古多情空余恨，那凄楚往事，让我念念不忘。"高强紧皱眉头说。

依稀记得，那一年，原本兴旺发达的家，父亲办了一个酒厂，还有几百头大型养猪场，家庭收入十分可观。改革开放的浪潮惠及了整个社会，花花世界在全社会铺开。父亲被这个浪潮卷了进去，随波逐流于这个充满诱惑的社会，父亲紧跟时代潮流，也许男人骨子里都好色，三天两头往酒店里串，天天以送水酒为由，在酒店里拈花惹草，花天酒地，喝得酩酊大醉。人，这时候在事业上最容易精力分散。红颜祸水，酒厂、养猪场的生意慢慢不景气了，父亲的精力全部都放在酒店女孩身上，酒厂、养猪场也不顾了，应付了之。家庭威望渐渐衰落，父亲开始面黄肌瘦，皮包骨头，人不像人，鬼不像鬼。父亲还是天天往酒店里钻，一天，意外的事情发生了，父亲夜不能寐，食不知味。亲情毕竟是割舍不了的，我们全家人知道事情不妙，父亲肯定引病上身了，立即把父亲送进了医院，医生一番诊断，经化验得出结果，父亲得了不治之症，真是晴天霹雳。父亲被隔离治疗，住院期间全家人都没有见过他一面，家里的所有积蓄全花在他的身上，害得家中一贫如洗，最后他还是离开了人间，魂归风流国。送进殡仪馆时，全家人也不能见上他一面，想起那些见不得光的事，让人总是念念不忘。父亲的教训，使高强已不再是一经女色诱惑，就激情澎湃的那种男人了。

"还不赶快做饭，你在这里傻等什么，我看你被那帮妓女弄昏了头。"

邱玲还是讽刺道。

高强憨厚地一笑："被你说对了，害得我忘记煮饭。"

"爸爸，你买一条蛇回来干什么？"高娜发现高强手中提着的网袋里装着一条蛇，便喊道。

"蛇，蛇。"小高飞也跟着喊。

"我的天呀。你真的去买条蛇回来呀。"邱玲气得啼笑皆非。

"你不是说要吃龙肉，世上哪有龙肉，只能买条蛇替代，蛇就当龙吃吧，煮出来好香哩！"高强说笑道。

在看书消磨时间的周爱莲也走过来，她仔细地看着黑黄黑黄的蛇，眼睛灼灼的，很是吓人，问道："这是什么蛇？"

"南蛇，炖熟你就知道了，味道好极了，比……"高强本想说比吃龙肉还要强，但想到从来没吃过龙肉，又改口道，"比吃山珍海味还要强。"

"哇，有这么好的营养吗？"周爱莲兴奋地问。

"有哩，经常吃蛇肉还能护肤呢，让人显得长生不老。不过，蛇是国家保护的动物，不能随便捕杀。"高强越说越神奇，但又不能过于倡导。

"周爱莲，别听他胡说八道，他尽说些骗人的鬼话，他想吃蛇肉，什么话都说得出来。"邱玲反驳道。

"龙上天你不信，你就信猫入灶。"高强又是一句胡言乱语，"因为现在的女性都想漂亮，我就把蛇的功效说说。"

"妈妈，我不想吃蛇肉，今天晚上不吃青菜呀？"小高飞爱闹地说。

邱玲若有所悟，问道："高强，你没买青菜呀？"

"家里还有蔬菜，还要去买什么蔬菜。"高强严肃地说。

"周爱莲我和你去摘蔬菜吧。"邱玲喊道。

"好哩！"周爱莲高兴地应道。

"妈妈，我也去。"小高飞说道。

"去吧，去吧！"邱玲一边说一边带着周爱莲、高娜、小高飞走出了门去。

他们经过了蜿蜒的山路，踏着落满枯枝败叶的小径来到了田野。田野上，风声、水声、还有鸟叫声，优雅动听。

"玲姐，你不是说浩亮借了六万块钱给你家高强吗？他怎么肯轻易地借钱给你家高强？"周爱莲不明不白地问。

"提起这件事还得好好感谢你和你家阿姐，要不是那天你家阿姐叫我陪你去相亲，我怎么会认识浩亮呢！不看僧面看佛面，浩亮看在我的情面上借钱给了高强，不瞒你说，浩亮真的喜欢我，我要不是有夫之妇，也真会嫁给他。"邱玲滔滔不绝地说，"浩亮真的是个好人，人又聪明，心地又善良，善解人意，打着灯笼也难找呀。爱莲，你就嫁给他吧。"

周爱莲的脸倏一红，说："可是，人家浩亮看不上我呀，我怎敢高攀人家？"

"你比以前胖了，皮肤也白多了，变得更漂亮了，不知你吃了什么灵丹妙药，浩亮见了准会垂涎欲滴。"邱玲又说又笑。

"玲姐，你总是拿人家开玩笑。"周爱莲害羞地说。

"不是的，你真的比以前漂亮了。只要你心中有绿洲，世界便不是荒原。凭你现在的相貌和肤色，我相信浩亮一定会喜欢你，我帮你搞定浩亮。幸福像一只长着翅膀的小鸟，你不抓牢它，它就会飞。"

大千世界，无奇不有。命运往往就是这样，当人在绝望时会看到另一重天。邱玲竟然要为周爱莲做媒介绍给浩亮，在她的心中又多了一份牵挂。

"玲姐，不要，不要，强扭的瓜不甜。"周爱莲担心地说，心中涌上一阵苦涩而自嘲的情绪。

"精诚所至，金石为开。我相信总会有一天我会说服浩亮。"邱玲满怀信心地说，在言谈和神情之间显示出她绝大的本领。

"周阿姨，你就听我妈妈讲吧。"高娜说完，扮了个鬼脸。

"高娜，你能不能不说话。"邱玲瞪着高娜说。

"周阿姨，你就听我妈妈讲吧。"小高飞懂事后，聪明好学，跟着高娜学了一句。

聪明和良好的环境都会使人提早成熟，时间和机遇都会使人理智。

"毛头小孩，你们懂什么，幼稚无知。"周爱莲说着无奈地笑了笑，那笑容如春花之初绽，如朝霞之初展。

邱玲脸上露出沮丧无奈的表情，一边摘菜一边说："命运总是喜欢捉弄人。事情就是这样，如果你想象得太顺利，反而容易失败。我们女人哪个不想找个好丈夫，像浩亮这样的男人实在难找，一步错了会步步错，人生粗心不得啊！当初我认为高强家庭条件这么好，家里又有猪场，又有酒厂，家庭十分阔气，谁都认为是最好的了，今天却是最差的。"

"这样的家庭条件还不算好吗？"周爱莲吃惊地问。

"心里的苦只有自己知道，家庭的真实情形谁都不愿意对别人直说。"邱玲叹气道。

"你说我就听，不说我就不听。我不会为难你。"周爱莲随便答道。

邱玲还是说道："每个家庭都有一个复杂的故事，严酷的现实把我的梦撕扯得支离破碎。我错就错在只选家庭条件不选人品。"

周爱莲大惑不解，问："邱姐，你说的是什么意思？"

邱玲不满地说："那时我也万万没想到会倾家荡产。天有不测风云，高强父亲因好色而身败名裂，家庭生活跟着一落千丈，穷得叮当响。"

"长痛不如短痛，所谓生死由命，富贵在天，何必呢？"周爱莲满不在乎地说。

"生活像一副无可奈何的担子，沉重地压在肩上，刚开始那阵子真形容不出我是多么地难受，每当晚上睡眠之时都会想起许多令人惆怅的往事。"邱玲心里感到好委屈。

"玲姐，你是多么地操心，依我说得过且过，随日天亮随日暗，一切顺其自然。"周爱莲凄然苦笑。

"如果人能够预知未来的事，我绝不会嫁给高强，又没钱，又没有地位，又不是靓仔，皮肤黑得像泥鳅，命中注定呀！"邱玲温和地说道，"好在高强老实，对人礼貌有加，任劳任怨，责任心强，注重家庭，傻里傻气。在他的身上，既有普通农民的那种勤劳朴实的性格，又有男子汉大丈夫那种剽悍豪爽的气质，他像一座永远屹立不倒的山，不得不佩服他，而且日子倒也过得有滋有味。"

"玲姐，我觉得高强其实不错，他很听你的话，你说东，他不敢往西，叫什么做什么，你说要吃龙肉，他就买蛇回来。"周爱莲说着哧哧地笑了起来。

"你这个鬼丫头，我不应把家庭里的弱点透露太多给你听。你知道不，穷，对我来说，已经是个可怕的字眼。感情再好也不能当饭吃，尤其是我们农村人，民以食为天，不是以感情为天。"邱玲还是抱怨。

"难道当年你和高强就没有一点感情吗？"周爱莲好不惊讶。

"最有说服力的还是生活本身，感情再好生活维持不下去，这个家迟早会散的，感情也就抛到九霄云外了。男女之间恋爱的时候比什么都甜，一旦有一天吵起架来，六亲不认。"邱玲苦笑着说。

"没有这么严重吧，玲姐？"周爱莲摇摇头。

"在我们农村，吵架大多是生活困难造成，夫妻本是同林鸟，大难临头各自飞，也不是没有道理。当然夫妻能忍——和谐，也是道理。一个家庭不论婚姻有多少缺点，都要维持一个表面，再不美满也要做个样子给别人看。"邱玲勉强地说。

"玲姐，你已经很幸运了！天有眼地有眼，上苍给你安排的既有龙也有凤，生了一男一女，看看小高飞多可爱，又聪明又英俊，高娜多漂亮，眉清目秀，亭亭玉立，长得好像你，可是山里一朵美丽的玫瑰花。"周爱莲赞叹道。

邱玲充满着母爱，心中升起了一股自豪感，苦笑着说："爱过知情重，醉过知酒浓。我毕竟是人妻，为人母。不瞒你说要不是有高娜和小高飞他们，我早就心灰意冷了，我相信他们长大后会争气的，会有骨气的。所以，只要全家幸福快乐，即使委屈我个人也值得。"

"小高飞、高娜，你们听到没有？"周爱莲佯装严肃地问，眼里有种掩不住的兴奋。

"听到了！"高娜和小高飞虽然不懂事，没有想到，却回答得震山响。

邱玲和周爱莲都会心地笑了。天上朵朵云儿闪烁着愉快的眼睛，山上朵朵花儿在风中轻轻地飘摇。

（五）

人海茫茫，世事无常。世界这么大，什么样的事都有。随着时间的流逝，一切都在发生着微妙的变化。人的想法是会变的，浩亮由于富有同情心，经邱玲一说，姻缘天注定，费了一番口舌，他真的被邱玲说动了，改变了想法，娶周爱莲为妻；人生就是这样，随时会发生一些意想不到的事情。

中午时分，山珊镇九龙冲崎岖的林间大道上出现了一支迎亲的队伍，一列豪华的轿车在深山老林里奔驰，在山腰盘绕，道路曲曲弯弯，荒山野店，摆出个南蛇阵。唢呐声连绵不断，在山间回响。

"妈妈，这迎亲的队伍为什么要你在前领队呀？"小高飞坐在迎亲队伍最前面的小车上，有问不完的问题。

"今天是浩亮叔叔和周阿姨结婚的日子，妈妈是媒婆，媒婆就需要带路。"邱玲不得不答。

"浩亮叔叔和周阿姨为什么要结婚呀？"小高飞问得好神奇。

"你还小，你不懂，等你长大之后，妈妈再告诉你好吗？"邱玲说着用手摸摸小高飞的脸。

"好的。"小高飞点点头，不吭声了。

车子在环山的公路上奔驰，崇山峻岭，大小不一的路边树木不断往后移，对面不断迎来各种各样的车子，道路两边还有摩托车、电动车、自行车，除了车子，也有行人，时而坡上坡下，经过了一个又一个小村庄，经过了小集市，经过了田野，沿山而下。

来到了一个山寨——山珊镇，说是镇，其实很小，小得在地图上都找不到。这个镇上只有几十户人家，平日里冷冷清清。

迎亲队伍到了山珊镇，新娘车便驶到最前面，方便新郎家人出来点鞭炮迎接。

浩亮家终于到了，他家住在山珊镇的中心街，外表比五星级宾馆还要高级的别墅，外形十分美观，建筑独具一格，赏心悦目，特别耀眼。

迎亲车子的队伍停下来了，前面第一辆新娘乘坐的皇冠车停下后，便是一阵"噼噼啪啪"的鞭炮声，鞭炮声足足响了半小时，好隆重。

鞭炮声响过之后，两位中年妇女走过去把车门拉开，把新娘接下来，一边一个伴着新娘往浩亮家门口走去，伴娘紧跟而上，神情严肃。

新娘走到别墅前停住了，身边的两个中年妇女忙喊道："浩亮，出来接新娘。"

浩亮穿着一套崭新的淡蓝色西服兴冲冲地跑出来，问道："发生什么事了？"

其中一个中年妇女说："给新娘行礼，叩头。"

山里人的娶亲规矩就是这样，不像城里人那样，新娘、新郎站在酒店门口笑盈盈地接待客人。

"我当发生了什么事，不就一个礼嘛！行，没问题。"浩亮毫不犹豫地点点头，叩头行礼。

新娘正要跟浩亮进屋去，不料意想不到的事发生了，谁也没有料到半途杀出个程咬金，"且慢！"参加婚宴的人群中蹿出两个女人来，指手画脚说："浩老板，媒人你还没请，就想把新娘接回去，成何体统？"

浩亮一愣，不知所措。正想往屋里叫人，眨眼之间，眼前站出一个小孩，嗓音洪亮地说："我妈妈就是媒人。"

来者，一个是方丽梅，一个是胡作梅。方丽梅瞪了一眼小高飞，冷冷地说："小毛孩，你叫什么名字？说话这么凶。"

"我叫高飞，我妈妈叫邱玲。"小高飞机灵又聪明，活泼又可爱，他的嘴一张一合，一合一张，话语就像连珠炮似的。

胡作梅伸手托了一下高飞的下巴："哟，好张利嘴！"

高飞机灵地把头一晃，说："别碰我。"

"你妈妈是什么人，你知道不？"方丽梅揶揄地说。

"你……"浩亮好事当头，欲言又止。

"你们不要在这里胡闹好不好，我看你两个在寻机闹事。"周瑛从客人中站了出来，不客气地说，"你们两个要是不要脸，我就叫人把你们轰回去，要是识相等候安排，这事要不是我，你们能认识我小姨吗？"

方丽梅和胡作梅点点头，站到了一边。

浩亮毕竟是有文化的人，既不生气，也不是很热情，一切沉着应对，婚礼继续进行着。

等浩亮和周爱莲进去后，杨妮迎了出来，她接人待物比较热情，从侧面走过来，喜气洋洋的，热情似火，亲切妩媚，尤其是那蒙娜丽莎似的微笑，那么美丽高贵。欢天喜地地说："哎哟，我正想叫人去把你们两个媒人接来，媒人不怕多，事办成就行。"

"是，杨妮，打扰了。"方丽梅和胡作梅乐不可支，异口同声说。

婚礼在厅堂进行，主持大声喊："一拜天地！"

浩亮和周爱莲在厅堂上拜了拜，又站直身子，厅堂两边站满了人在观看。

主持继续喊道："二拜高堂！"

浩亮和周爱莲认认真真地跪在地上拜了两拜，好久才站起来，在场的人"哄"地笑了。

主持又喊道："夫妻对拜！"

农村婚礼仪式太隆重，弄得浩亮和周爱莲夫妻俩头昏脑涨，主持最后才说："送入洞房！"

周爱莲一直拉着小高飞在身边，说："小高飞，跟我进洞房。"

小高飞真是个听话的孩子，心领神会，一步一步跟着周爱莲走，周爱莲走到哪里，他就跟到哪里，令人注目。

"哈，哈，哈……刚拜堂就有个小毛孩了，是不是……"涂桂开怀大笑，刻薄地说。

说人口轻，听人耳重；说者无意，听者有心。浩亮倒是不屑一理，一笑了之。

周爱莲心里很不是滋味，竟然有人说三道四，本来她的婚姻就不是一帆风顺，拔腿就想跑，幸好被浩亮拉住了。

"涂桂，你说话好难听啊，你怎么能这样说人家闲话呢，说话不要太过分，山水也有相逢时，低头不见抬头见。"田运来马上制止涂桂的胡言乱语。

涂桂说得有滋有味："嘻嘻，刚结婚就有个小孩，而且长得这么快，是好事。"

浩家的客人很多，乌七八糟的客人一下子围了过来，有的指指点点说涂桂的不是，有的跟着涂桂在背后说说笑笑，浪声笑语。

还是小高飞挺身而出，骂道："桂叔，你不认得我啦，你这个坏蛋，专门搞破坏。你知道不，我是我妈妈生的，不是周阿姨生的。"

"哈哈呵呵——"众人更笑了，个个笑得前仰后合，笑声在浩家大院里回荡，呈现出一片热闹的气氛。

涂桂笑声朗朗，继续说笑："你当然是你妈生的啦，难道是你爸生的，你这个小笨蛋。"

邱玲和高强过来了，听到涂桂在逗小高飞，为了不搞乱婚礼，把涂桂拉到一边。

"你们夫妻拉我干什么呀，又不是来喝你家的喜酒。"涂桂乜斜着眼问。

高强知道涂桂的性格，瞪着眼睛说："涂桂，不要搞笑好不好，谁叫你来喝喜酒的？"

涂桂昂起头骄傲地说："我表姑杨妮呀，怎么，你们要查户口吗？"

邱玲笑了笑，说："你这个表姑请错神了，请神请到鬼，就差点没请到妖怪。"

涂桂听不出邱玲在讽刺他，关心地问："什么，你们说酒席中有鬼？"

"有呀，酒席中的鬼远在天边，近在眼前，这鬼好狡猾哩！"高强故意提高嗓音说。

"你们是不是叫我来一起去捉鬼？"涂桂莫名其妙地说，心在想鬼是什么样的呢。

"这不是告诉你了吗，叫你去告诉你表姑，酒席中有鬼，快找人去捉。"邱玲表面格外认真，暗地里在想，让你被你表姑骂一顿吧。

"哦哦，是，谢谢你们提醒。"涂桂就向酒席中走，东张西望，里里外外找个遍。

杨妮正在接待客人，安排客人入席，忙里忙外，有条不紊地指挥着酒席的工作，来不得半点马虎，懒得理涂桂。

第一批客人吃了饭之后，就陆续退场了，拎着大包小包，携男带女，高高兴兴地走了。

"方丽梅、胡作梅，多谢你们两个牵线搭桥，要不我儿子不知到猴年马月才能结婚。"杨妮脸上呈现出静穆端庄的笑容，感恩戴德地说。

"应该的，应该的，是你儿子缘分到了，我们才托福喝上这杯喜酒呢。"方丽梅花言巧语。

"是呀！"胡作梅拍拍杨妮的肩膀，油嘴滑舌地说，"托你杨妮的福了，有幸吃上你浩家的喜酒，实在是高兴。"

杨妮喜庆地说："今天没什么东西答谢你，喜字成双，每人给两瓶酒水，两斤猪肉，两扎面条，200块钱。"

"给这么多东西，"方丽梅高兴得合不拢嘴，说，"真是富贵人家，谢媒就是不一样，保佑你儿媳妇明年龙凤双生，富贵万年。"

胡作梅又接着说了一连串的好话："保佑你儿子事业兴旺发达，财源滚滚，好事连连。"

"好话，好话，你们不愧是做媒的，另补200块吉利钱。"杨妮从口袋里抽出 400 块钱分给两个媒人。

方丽梅万万没想到杨妮这么慷慨，气度不凡，激动得迭迭连声："贪财了，贪财了。"

胡作梅满脸堆笑眼都笑闭了，有生以来，第一次做媒得这么多东西，这么多钱。

"不客气，应该的，应该的。"杨妮的音容笑貌总是给人一种亲切感。

"杨奶奶，她们两个不是媒人，我妈妈才是媒人，你怎么把谢媒的钱物都给她们呢？"杨妮不知小高飞什么时候来到了身边，小高飞这么一说，才发现小高飞。

"哎哟，小孩子不懂事，不要来捣乱好不好。你不是去陪着周阿姨吗，怎么跑到这里来了？"杨妮展展手说，"去，快去新娘房陪周阿姨。"

"我又不是新郎，干吗叫我去陪新娘，我不去。"小高飞嘟着嘴说。

"小高飞，看你这么帅，你怎么不听杨奶奶的话呢，男子汉大丈夫。刚才你不是很勇敢吗？"方丽梅妙语连珠地说。

"是呀，是呀，小高飞，快去吧，快去吧。"胡作梅也害怕夜长梦多，怕邱玲来惹事，鸡飞蛋打一场空，也就帮着催促小高飞走。

"我不走，我偏不走，你们争功夺劳。"小高飞的嘴好硬。

"你不走，我们走。"方丽梅提着杨妮谢媒的礼物往大门走去。

胡作梅如同做贼心虚似的，急急忙忙跟在后面，一走一回头，生怕邱玲追来。

"记得有空来玩啊！"杨妮大声地喊道。

小高飞如同大人，说什么都是那么有骨有肉，弄得杨妮很不好意思，好在两个媒人都贪图钱财，大人不计小人过。

周爱莲独自站在新房里，看见小高飞来了，好似见到救星似的，高兴得似有千言万语要说。

"周阿姨，你为什么要站着，干吗不坐凳子？"小高飞同情地问。

浩亮和杨妮都去照顾客人了，没有顾及周爱莲，周爱莲以为浩亮和杨妮故意刁难她，听到小高飞这一问，泪水如泉涌般流出来，强颜笑脸说：

"小高飞，你去帮我传个话好吗?"

"好的，周阿姨，你有话尽管吩咐，我一定帮传。"小高飞好不热心地说。

"不过，你不要说是我叫你说的，说是你妈妈叫你说的。"周爱莲担心地说。

"什么话你说?"小高飞虽小，却有着男子汉大丈夫的气概。敢说敢为，乐于奉献。

"你去跟杨奶奶说，你见周阿姨站在新房里不肯坐凳。我妈说新娘回洞房后要给红包的，不然不肯坐凳，"周爱莲教唆道。

"你干吗要红包才肯坐凳子?"小高飞总爱刨根问底，不问清楚，不罢休。

"我要是不等杨奶奶拿红包来给我就坐凳子了，杨奶奶岂不说我没礼貌! 等于没请就坐凳子。"周爱莲说得头头是道。

"哦，原来如此!"小高飞若有所悟，愉快地笑了笑，亲了一口周爱莲的手背。

"去吧，快去吧!"周爱莲催道，生怕小高飞死皮赖缠不肯去，反过来向她讨价还价，农村调皮的孩子她见多了。

"好!"小高飞一溜小跑地出了新房，转了几个弯又来到了专门办理收取贺礼登记的礼房。

浩家外表是一幢别墅，其实是两幢别墅组合而成，两幢别墅之间有一个庭院，左右两边隔开，左边是会客厅，右边是侧门，侧门出去是一个小广场，迎亲娶妇就在这里设席办酒。

礼房就设在会客厅里，小高飞来到礼房东张西望，却不见杨妮，便大声喊道："杨奶奶，杨奶奶。"

"杨奶奶有事出去了，你有什么事告诉我。"在礼房掌管的田运来说道。

"这事保密，不能告诉你。"小高飞说完跑出了礼房，向小广场跑去。

浩亮婚宴简朴，既不收贺礼，也不请官商，礼尚往来，都是些近亲近邻，大家坐在一起高高兴兴地喝上一盅。浩家居然人缘也不错，随便也有三十多桌。

正在喝喜酒的客人们，兴高采烈，你吆我喝，好不热闹。啧啧的称赞声中，杨妮和浩亮正在给客人敬酒，穿梭在客人之间，脸上笑容可亲，给客人一种亲切感。气氛是迷人的，酒水是香醇的，浩亮陶醉在新婚的美酒中。涂桂喝得醉醺醺的，见杨妮和浩亮来了，便礼貌地从凳子上站起来，说道："表姑、浩老板，祝贺！祝贺！"

"表侄，感情好，感情好。听说你找我？"杨妮转而问道。

"哦，是这样的，刚才我听有人说，这宴席中有鬼，想告诉你。"涂桂神秘兮兮地说。

杨妮的笑容立即在脸上僵住了，神经紧张地问道："你听谁说的？"

"天机不可泄露，"涂桂压低声音说，"远在天边，近在眼前，要是说出去就麻烦了。"

杨妮扫视了一周身边的客人，没发现谁是可疑的人，便觉得涂桂在戏弄她，吼道："表侄，你不是喝醉酒了吧？"

"我没醉，没，没醉。今朝有酒今朝醉。"涂桂豪爽地说，语无伦次，眼珠乱转，在打量周边喝喜酒的人们。

"没醉，你怎么说得出鬼不鬼、人不人的话，我请你来喝酒请错了？"杨妮板着脸说。

"没有错，没有错，嫁女逢请，娶妇闻声，你表姑不请，我做表侄的理所当然应该来。"涂桂说着，不知所措。

"那你说，是谁说宴席中有鬼？"杨妮紧紧追问，不放过任何蛛丝马迹。

"这……不好说吧。"涂桂紧张了起来，脸色青一阵，白一阵，冷汗直冒，身体不住地瑟瑟发抖。

"有什么不好说的，你说出来，让我查个水落石出。"杨妮的气，一肚二十八火，顾不得酒席里那么多人了，开口就说。

"杨妈妈，今天是浩亮的大喜日子，你何必去跟他计较呢！"周瑛从酒席中走出来劝道。

“是呀，妈！你怎么能这样呢，人家毕竟是客人。”浩亮也急了，眼睁睁看着母亲跟客人胡闹，实在过意不去。

“那倒是，那倒是，今天暂放你一马，”杨妮说着又笑了，理性而婉转地说，“表侄，喝你的酒，没你的事，开个玩笑。”

“杨奶奶，杨奶奶。”小高飞边跑边急急忙忙地喊道。

“什么事，小高飞，看你跑得满头都是汗，不要到处乱跑。”杨妮说着忙用手抹抹小高飞额头。

“刚才我到新房去，看见周阿姨站在那里，一动也不动，我问我妈是怎么回事，我妈说，新娘进入新房后，要家母给打发红包才能坐凳，不然的话会不吉利的，”小高飞娇嗔地说，“我问我妈，周阿姨的家母是谁，我妈就说是杨奶奶呀，所以我来告诉你。”

“哦，好孩子，真乖，我都忘记了。”杨妮如梦方醒，急忙向新娘房走去，小高飞紧跟在后面。

“小高飞，小高飞，你跟杨奶奶去哪里？”邱玲从酒席中走出来，看见这情况便问道。

“妈妈。”小高飞喊了声停了下来，孩子就是这样，到哪里都是妈妈亲。

邱玲走过去抱起小高飞亲了又亲，好想知道来龙去脉，忙问：“告诉妈妈，杨奶奶是怎么回事？”

小高飞哧哧地笑了起来，眨了眨眼睛，把刚才他和杨妮说的话重复了一遍，说道：“妈妈，我不是故意的，你不要骂我好吗？”

“你在撒谎，怎么能不骂你呢，还要打你呢。”高娜正在跟其他小朋友说说笑笑，听到了小高飞和妈妈说话，不时地插上一句。

“呜呜——”小高飞哭了起来，目的是引起邱玲的同情，以达到宠爱。

孩子都是单纯的，他渴望父母的爱，爱就是对他自尊的保护，让他在自由自在的环境里成长。

"别哭，别哭，妈妈没有责怪你，你做得对，要不然杨奶奶怎么知道忘记了的事呢，周阿姨岂不是站断了腿！"邱玲夸赞地说。

小高飞终于止住了哭，擦擦眼泪，看看在打闹的高娜，心里还是想着周爱莲，抽噎着说："妈妈，我要去周阿姨那里。"

"小高飞，乖乖，先不去，我们吃完饭再去，吃完饭后，我们一起去闹洞房好吗？"邱玲连哄带劝。

"好！"小高飞同意了邱玲的想法，从邱玲怀里滚下地来，向高娜打闹的方向走去。

浩亮送走了贺喜的客人，留下来的都是和浩亮要好的后生和姑娘。新婚之夜，美景良辰，浩家大院又恢复了宁静。

新娘房间朴素无华，整洁大方。米色的地毯，棕色沙发，一张简单书桌，一张简单床铺，两张崭新的椅子，一个衣柜。

入夜，灯火辉煌，闹洞房开始了。闹洞房确实是件开心的事，一群小青年男女搞得如火如荼，说说笑笑，尽做些开心事，说些开心话。小高飞、高娜被当作绣球抛，小高飞不停地"哈哈"地笑，一切在欢声笑语中进行着。

周爱莲、浩亮看在眼里，喜在心里，想在脑里，笑在嘴里。周爱莲眼里瞬间溢满了幸福的泪水，一切尽在不言中。

（六）

又是山花烂漫时。深山老林里的发达山有着悠久的历史，无数参天松树巍然屹立，密林中灌木小草发出深深的醉人清香。鸟类繁多，成群的鸟儿密集在发达山，过着清静的生活，活跃在山林里。从这山飞到那山，又从那山飞往这山。鹧鸪是发达山的守护者，不断地发出"咕咕"的鸣号，斑鸠"咕咕，咕咕"地在歌唱，那是天底下最动听的乐曲。

燕子也回来了，给人们带来了春天的气息。山里的孩子最喜爱小鸟，尤其是小高飞，刚进入儿童行列，见到小鸟在村中飞来飞去，飞上飞下，甚是好奇。

"妈妈，有两只小鸟在我们家的墙上筑巢起窝了，它为什么要到我们家里来住呢？"小高飞眼睁睁地看着燕子在墙壁上筑窝，觉得好新鲜。

"燕子飞到我们家里筑巢是好事，证明我们家就要兴旺发达了，好日子要到了。"邱玲好开心地说。

"可小燕子屙的粪便又脏又臭，怎么受得了，吃饭都吃不下。"小高飞不高兴地说。

"你懂什么，听妈妈的，小燕子到我们家是件好事，你别搞搞正。"高娜指责道。

小高飞嘟起了嘴，舌头顿时被锁起来了似的，对姐姐产生了一种不满之感，不吱声了。

"高娜，不要责怪弟弟，他说的也不是没有道理，等会儿我去找块纸板来吊在鸟窝下面，把鸟屎挡在纸板上，不就行了。"邱玲心平气和地说。

"高娜，高娜，我们家里来了两只小燕子飞出飞入，好活泼啦！"田耀强报喜来了。

"我们家也来了两只燕子，你看。"高娜指指墙壁上的鸟窝说。

"你们家两只燕子没有我家两只燕子那么大，我家燕子比你家的大又漂亮。"田耀强吹了起来。

"是不是我家的两只小燕子刚出生没多久？"小高飞没头没脑地问了一句。

"我不知道，你去问你妈妈吧。"田耀强人虽小，来到别的人家，也懂得尊重主人，他讨好地说。

"妈妈，是不是我们家的小燕子刚出生不久，出生迟了就比强哥家的要小？"小高飞总爱问个明明白白。

"不是，我们家的燕子和强哥家的燕子一样大，不信，你到强哥家去看看。"邱玲甜甜地说。

"强哥，我们去你家里看看你家的两只小燕子行吗？"高娜征求田耀强的意见。

"行，去吧。"田耀强应道，走在前面带着高娜正要出门口，又停了下来。

"强哥，我能和我姐姐一起去看吗？"小高飞担心田耀强不让他去，不得不问个清楚。

"能，一起去吧。"田耀强说着两手张开，拦腰揽在高娜和小高飞的腰间出去了。

小高飞、高娜、田耀强如同几只快乐的小鸟，行走在清风习习的山间小道上。小高飞的家和田耀强的家虽然只间隔几百米远的路程，但是在深山老林里住着的往往是从这山到那山，两户人家，各住一座山。过了一段弯弯曲曲、高低不平的路，田耀强家到了。屋前道路两边带着青草的气息，屋后除了茂密的松林，就是荔枝、龙眼等乱七八糟的树木，屋前院外路边的那块野草里开了一丛雏菊，艳丽秀色。树下还生长着形形色色的绿色小草。山里人就在山间的路边建房，山村里环境比城里的环境强多了，建房的土地有的是，坐北朝南，夏凉冬暖，而且处处都有自然优美的风景。山里是造就人才的地方，有道是：深山出猛虎，平原出傻狸。

田耀强家就住在路边的山腰上，周瑛正在打扫卫生，一边打扫卫生一边骂："这些该死的燕子，一天屙几次屎，把这地板都给屙脏了。"

"妈妈，你看我带谁来了。"田耀强得意地说，并在周瑛的脸上寻找答案。

"不就是小高飞、高娜嘛，你带他们来干什么呀？"周瑛一眼看见小高飞、高娜，打心眼里就不高兴，她没好气地说。

"带他们来看看我们家的小燕子，我发现我们家的小燕子比他家的大一些。"田耀强喜洋洋地说。

"看小燕子，有什么好看的，屙得满地都是鸟屎，我准备把它铲掉了。"周瑛愤怒地说。

"不要，不要，妈妈你千万不要铲燕子的巢，会遭雷公劈的。"田耀强乞求着说。

"要么，你守着，不然我会把小燕子的巢铲掉的，燕子虽能消除虫害，但居住在这里太不卫生了。"周瑛假装生气逗着说。

"周妈妈，我妈妈说小燕子到农家里来住下，是农家的福气。说明家就要旺，好日子就要到了。"小高飞在为田耀强辩护。

"什么好日子，我现在日子不好吗，别听你妈那迷信，你妈是穷怕了，尽想那些异想天开的事。可是我们家不同，比你家好过多了，我不巴望小燕子带来什么好日子！"周瑛跟小孩说话像跟大人说话一样，不知分寸。

"弟弟，我们回去。"高娜人虽小，脾气不小，拉着小高飞就要返回，很有志气的样子。

"不行，不行，你们不能回去，你们看看我家的小燕子是不是比你家的大。"田耀强抓着高娜的手往回拖。

高娜不得不转过头来，往墙壁上的鸟窝看，讨好地问："你家的燕子呢，跑了？"

田耀强立时惊呆了，忙问："妈妈，我们家的燕子呢，什么时候跑了？"

"你傻呀，小燕子不出去找吃的吗？不找吃的，不饿死了，你不吃试试看。"周瑛教导着说。

"那什么时候回来，能不能去找？"田耀强焦急地问，不时转身走出门口东张西望。

"我不回来了吗？"田运来听到儿子问话，好生奇怪，不知头来尾去便答道。

"爸爸，我说的是小燕子，小燕子飞出去了，我问什么时候回来，并不是问你什么时候回来。"田耀强解答道，并状告母亲，说，"爸爸，妈妈说要把墙壁上的燕子窝铲掉。"

"那可不行，燕子是益鸟，造福农家，应得到保护，怎能把它的窝铲掉！"田运来不同意地说。

"你不铲是你的事，我要铲是我的事，与你父子俩无关，你看这地上的屎疤难看不难看。"周瑛冷冷地说。

"人，要修心积德，好心有好报，好人一生平安。"田运来言来语去地相劝。

"哦，不铲燕子窝，让燕子住在你家，把你满屋都屙得是屎，这就叫修心积德？真是胡言乱语。"周瑛说着，觉得讨论这些事索然无味，做她的手头活去了。

"我给你们讲个故事吧！"田运来坐下来说道。

"好呀！"田耀强应道。

提到讲故事，别说田耀强，就是小高飞、高娜也想听，小孩子有哪个不想听故事的，不用吩咐，田耀强、小高飞、高娜不由自主地都呼啦啦地搬来小凳子，坐在田运来身边，静听起来，田运来讲述了一个童话般美丽的传说。

古时候，有兄弟俩，住在深山老林里，靠砍柴为生，大哥叫大牛，弟弟叫小牛。有一天，兄弟俩坐在院子里纳凉，一边纳凉一边聊天，大牛问，小牛你今天卖柴的价钱如何？小牛回答，我只卖得两文五角钱，可是在路上遇到一位奶奶，她得了病正在发烧，我送她去看医生又把那两文五角钱花了。大牛说，你真傻，你把钱花了，哪来的钱养家糊口呢？我与你不一样，我卖的价钱不管多少，过磅时筐的底部还要放上一块石头。

"这大牛真够聪明，像他那样有胆又有谋，不发财才怪呢！"田耀强赞道。

小高飞姐弟俩默不作声，一语不发，洗耳恭听。田运来继续把故事讲下去。

大牛和小牛聊着聊着，突然从屋檐里掉下麻雀来，小牛赶快站起身把麻雀捧在手上，心痛地说，幸亏没有死，让我救救你。大牛说，一只小麻雀有什么值得救的，死了就死了呗。小牛说，麻雀也是一条生命，生命多可贵呀，人要修心积德，我一定要把这只麻雀救活。大牛嘲笑道，那你救麻雀吧，我砍柴去。

从那天起，小牛在砍柴的同时，每天从山上捉回蚂蚱和蚱蜢给麻雀吃。朝夕相处，关怀备至，麻雀在一天天地健壮起来。日久生情，小牛竟然和麻雀产生了深厚的感情，舍不得那只麻雀了。有一天，大牛问道，小牛你把那只麻雀养活了没有，小牛跑回家把鸟笼拿出来，麻雀正在笼里活蹦乱跳，小牛高兴极了，说，哥，你看这麻雀多神气！大牛说，哦，这就叫修心积德，它能报你什么呢。小牛说，哥，你别小看它，有时候麻雀也会飞上枝头变凤凰。大牛哄骗道，那你打开笼门，看它能飞上枝头变凤凰不，小牛头脑简单，就把鸟笼打开了，麻雀"呼"地飞到屋前的树上去了。

"那麻雀变凤凰没有？"田耀强立即问道，想马上知道故事的结果，他痴痴地望着父亲。

　　小高飞、高娜也想知道麻雀到底能不能变成凤凰，心里多么渴望麻雀能变成凤凰啊，眼睁睁地看着田运来。

　　"没有，麻雀哪里能变成凤凰，孙悟空七十二变，变来变去还不是孙大圣的脸。"田运来继续讲下去。

　　不幸的是，那只麻雀飞走了，小牛不停地喊，麻雀你回来，麻雀你回来。大牛只是笑，小牛傻，小牛贫。从那天起，小牛不管是上山打柴，还是下地干活，嘴里总是念念不忘麻雀，我的麻雀，我的麻雀。常常暗自潜然泪下。终有一天，小牛上山砍柴时，他意想不到的事情出现了。突然，一只大鸟飞到小牛旁边树木的树枝上，好漂亮的一只凤凰，吓得小牛六神无主，许久才回过神来。小牛抬头看了看也不理会它，继续砍他的柴。凤凰却说话了，小牛，小牛，我是麻雀，我是麻雀，我是你十年前养活的麻雀，我经过天宫修炼，天公作美把我变成了凤凰。

　　田运来把小高飞、高娜、田耀强带进了神话的世界中，小高飞、高娜、田耀强都笑了。

　　小牛激动地说，你来干什么，你让我找得好苦啊！凤凰说，我不能忘记你的救命之情，养育之恩，所以我回来报答你。小牛说，我不要你报答，你能活下来，我就心满意足了。凤凰说，我不报答你，我载你去欣赏欣赏美丽的天堂总可以吧！小牛转念一想，还从来没有见过美丽的天堂，去看看也好，想到这里便答应了。凤凰从树上飞了下来站在地上，说，你骑在我的背脊上，闭上眼睛，抓住我的羽膀。小牛按照凤凰说的去做，只听"呼"的一声，沙沙的声音在响，小牛睡了一觉醒来便到了天堂。哇，真美呀，金砖、白银、金项链，这么多金银珠宝。不过，小牛并不为之心动，他想到的是，命中有时终须有，命中不有莫强求的道理。凤凰说，小牛，如果你想要点什么就捡吧，随便你，你喜欢什么就拿什么，快点，不然，天兵天将回来了，你就拿不到了。小牛说，我不贪不义之财。凤凰说，哎哟，我的贵人，算我求你了好不好，天公回来了，我会帮你说好话的。不然，你在人间那么凄凉，我放心不下，你就拿一点吧。盛情难却，小牛经过三思，拿了一点自己喜爱的金银物品，坐上凤凰的背脊胜利归来。一夜暴富，凤凰一夜之间把小牛家的瓦房变成了一座富丽堂皇的宫殿，置下千亩良田，穷苦的小牛一夜之间过上了美好的日子。大牛觉得奇怪，小牛哪来这么多钱！左思右想，匆匆忙忙去找小牛，小牛把事情的经过一一讲给大牛听，大牛一听大彻大悟，喜形于色。大牛便回家收拾畚箕锄头上山打柴，来到小牛说的地方，假装砍柴。突然一只大鸟飞过落在枝头上，好一只漂亮的凤凰。凤凰说，大牛，我是麻雀，是小牛救了我，我飞上蓝天后，天公把我变成了凤凰。没有想到吧，麻雀也有飞上枝头变凤凰的一天。没有，没有，你真是神了。大牛高兴得不得了，问道，凤凰你来干什么。凤凰说，我来看看你呀，你和小牛是亲兄弟，兄弟手足情，既然小牛救了我，我就不能忘恩负义。你和小牛是兄弟，我们就是亲人，哪有不打招呼的道理。是的，是的，大牛兴奋不已。凤凰说，大牛，你要不要到天堂上去观光，天堂美极了。大牛佯装不感兴趣的样子，说，不去，我要砍柴。凤凰说，哎哟，还砍什么柴，天堂有的是黄金，白银，随便你拿，何苦在这里穷砍柴！大牛说，麻雀你说的也是，好的，就听你一回吧。凤凰从枝头飞了下来停在地上，大牛骑了上去。凤凰照样说，闭上眼睛，抓住我的羽膀。大牛按照凤凰的去做。只听"呼"的一声，沙沙的声音在响，睡了一觉醒来到了天堂。果真如此，天堂是那么地美丽，金银财宝，珠光宝气，无奇不有。大牛动心了。凤凰说，大牛，快呀，快点捡呀，不然天兵天将回来了就不好办了。大牛摊开麻袋，大捡特捡，一个麻袋的金银财宝，怎么拖也拖不动。凤凰催道，大牛快呀，要是天兵天将回来了就走不掉了。大牛把凤凰的话当成耳边风，天兵天将果真回来，凤凰一扇翅膀飞走了，大牛在天兵天将的乱棍中死去。

"爸爸，后来呢？"田耀强还在追问，耳朵都听出油了，故事是那么地吸引人。

"后来，人们再也不敢小看小牛了，再也不怀疑麻雀变凤凰的事儿了。"田运来异常认真地说。

小高飞咔咔地笑了起来，看看高娜说："我也想骑凤凰鸟，我们家的燕子要是能变凤凰多好呀！"

"对，回去看看我们家的金凤凰。"高娜说着猛地站了起来，直往家里走去。

"姐姐，等等我。"小高飞还没有反应过来，高娜已经走出好远，他不得不大声喊叫。

"高娜，你还没有跟我比谁家的燕子大呢，也许你家的燕子比我家的要小呢。"田耀强企图把高娜激回来。

"不比啦，就算你家的燕子比我家的燕子大吧。"高娜远远地回了一句。

小高飞、高娜回到家里，看见邱玲正在给一块硬纸板上穿小绳子，把纸板吊在燕子窝的下面。

高娜急急地说："妈妈，刚才听田伯伯讲了一个麻雀也能变凤凰的故事，好听极了，我也想我们的小燕子变凤凰。"

"你以为世上真有凤凰呀，不可能的事，更何况你怎么能把我们家的小燕子变凤凰？"邱玲不解地问。

"妈妈，只要我们一家人把小燕子服侍好，照顾好，总有一天燕子也能变凤凰的。"小高飞神乎其神地说。

"你要我们一家人怎么服侍，放它在床边陪着人睡觉呀？"邱玲说着笑了起来。

"不是，妈妈，只要我们每天抽一点时间到山上捉一些蚂蚱或蚱蜢给小燕子吃，让小燕子吃得身肥体壮，它自然会变凤凰。"高娜和小高飞一样思想单纯，烂漫天真，尽说些异想天开的话。

"啊，是这样！"邱玲佯装听懂了，也没有追问麻雀变凤凰对她高娜和小高飞及家庭有什么益处。

小高飞、高娜开始在上学回家的路上，朝头晚尾到山上去捉蚱蜢、蚂蚱放到燕子窝里，下好大的功夫，等着麻雀变凤凰的事情重演。

姐弟俩在绿色的草地上奔跑，可是蚱蜢和蚂蚱像跟他们捉迷藏似的，一有风吹草动就及时飞跑了。

"哎呀，你怎么让我捉到了呢。"高娜捉到了一只蚂蚱，却得意地嘲讽道。

"姐姐，我又捉到了一只蚂蚱。"小高飞高兴得不得了，把蚂蚱紧紧地捻在手心里，基本上被他捻死了。

"用鱼串草把蚂蚱一只只串起来啊。"高娜特别吩咐了小高飞，自己也用同样的方式串了一串蚂蚱。

"知道了。"小高飞应着，在山间奔跑。

山里无处不有的大小不一紫红色的大石头，奇异怪草，凸凹不平的山地。绿树成荫，显现出朴拙自然的美丽，让人感觉到这是一个自然优美的生活环境。

高飞尽情地享受，开心地奔跑。

（七）

"爸爸肩上的歌，妈妈怀里的梦，轰轰隆隆的老磨，吱吱呀呀的水泵……"小高飞开始唱起儿歌了。山间小道很少有行人，道路两边除了有不少叫不出名字的野花，在灿烂地开放外，就是密密麻麻的松林，弯弯曲曲的山道，如同一条长龙，走不完的路。高大的松树映着小山道，阴森森的，蝉声在"啾啾"地叫得让人揪心，让人不由得有些恐慌和忐忑不安。

高飞和高娜穿山越岭捉蚂蚱，目光在花花草草里浏览，蚂蚱最爱躲藏在花花草草里。

"姐姐，你那串蚂蚱没有我那串蚂蚱多。"小高飞把自己手中的那串蚂蚱高高地举了起来，自吹自擂地说。

"吹牛，要不，拿过来比比看。"高娜不服输地说，同时举起她手中那串蚂蚱看了看。

"比就比，你的肯定比我的多。"小高飞调皮地说，提着那串蚂蚱走了过去。

高娜没有注意到小高飞在说什么，把手中的那串蚂蚱伸出来，两人的手放进一比，高娜惊奇地喊："弟弟，你的要比我的少一半。"

"我知道，要不我怎么说你的肯定比我的多。"小高飞说着哈哈地大笑了起来。

"你狡猾，明明知道你的比我的少，还要跟我比试，故意捉弄我。"
高娜骂道。

小高飞却不在乎，问："姐姐，要是我们家的燕子有朝一日变了凤凰
上了天堂，你要不要去天堂看看？"

"去呀，我们一起去，在天堂玩个够。"高娜心花怒放，以为真的有
天堂。

"要是燕子不肯载我们上天堂呢？它又不领我们的情。"小高飞有点
担忧地说。

"那我们就不上，可是燕子不一定能变凤凰，就是变了凤凰我也得考
虑考虑。"高娜干脆地说。

小高飞沉默了起来，再也不说话了，心不在焉的样子，好像有什么心
事想不通似的。

过了三山五岭，终于回到了家，正是傍晚时分，小高飞、高娜高高兴
兴地拿着蚂蚱回来放到鸟窝上去，燕子却不理它，飞来飞去自力更生捉
虫吃。

天气燥热，在热得不耐烦的傍晚，男人们动不动就脱掉上衣坐在自家
门口纳凉。然而小高飞家里，天气再热也不敢打开吊扇，生怕吊扇砸到燕
子，惹出麻烦。一家人都很小心，吃饭的时候，要是热得真的顶不住了，
就把落地扇打开。

这天晚饭的时候，家里来了常客涂桂，涂桂江山易改，本性难移，他
又找高强借钱来了。

"哟唷，船家佬撑的船碰到食（石）呀。"涂桂进门就说道，喜气洋
洋似的。

"来来，吃饭，吃饭。"高强和邱玲都站起身，显得非常热情，一个
拿凳子，一个拿碗打饭。

就在这时候，涂桂顺手拉开了吊扇开关，吊扇飞快地转动，只听
"啪"的一声响，谁也不知道发生了什么事，只有小高飞奔跑过去，拾起

一只小燕子放在手心里，燕子发出痛苦的呻吟和绝望的惨叫。

小高飞喊道："快快，救命啊！"

一家人都放下了碗筷，去救小燕子，可是谁也没有回天之力。顿时气氛紧张了起来，全家人眼发直脸发白，半晌高娜才责怪道："桂叔，你不该把吊扇拉开，我们一家人吃饭都是用落地扇，这可怎么办呢？"

涂桂木木地站在那里，不知所措，惊恐失色。

小高飞把燕子捧在手里哭了起来，悲痛欲绝的样子，捶胸顿足，紧闭泪眼哭闹道："爸爸，妈妈，快快救救燕子吧，被电风扇砸着了。"

全家人都在想方设法，围着小燕子转，邱玲像救孩子似的，喃喃地说："这怎么是好！这怎么是好！"

小燕子残留的血迹从嘴里缓缓流了出来，整个头部都没有了血色。小高飞依然把它捧在手里，眼睁睁看着燕子命归黄泉，却束手无策，令人心痛。

涂桂知道自己错了，惹出了麻烦，一声不语，高强也不敢责怪他，毕竟是好朋友，一条小小的生命就这样被剥夺了。

山里人信神信鬼，尤其是妇女。邱玲总觉得有种不祥的预感，言语柔和地说："小高飞，要不把死去的燕子放在灵台上给它上香，烧烧纸什么的，保佑我们一家人平平安安，万事大吉。"

"好呀，我送小燕子上天堂，让它在天堂里保佑我们。"小高飞说着就用一张白纸托着小燕子放到灵台上。

邱玲找来香点燃，插在香炉里，灵堂设在正厅，一张八仙桌上面正中放着一只香炉盅，盅中盛了不少香粉。邱玲做着跪拜之礼，然后念念有词："小燕子呀，小燕子，你来我家没有照顾好你，让你遇难了，你可不要记仇啊！要保佑我们农民风调雨顺，五谷丰登啊！"

没想到高娜跟着说了一句气人的话，"小燕子啊，原本我们一家人想托你的福，没想到这个赌棍伤害了你，这真是天理难容啊！"

小高飞也学着大人说："小燕子啊，对不起你，我们家没有保护好你，让你受害了，真是罪过，你千万不要记仇啊！"

高强和涂桂不理不睬，事情已经到了这个地步了，没有人有回天之力，顺其自然吧。他们尽管聊天，说打工的事，建房的事，工钱的事，主题围绕着钱字转。

小燕子，一路走好！邱玲说完，便说："小高飞、高娜，你们姐弟俩把小燕子送到屋背山去，深深地埋在泥土里，以示我们修心积德。"

小燕子血迹斑斑，小高飞、高娜把小燕子送到屋后的树林里，挖了一个坑把燕子埋了下去，插上香烧了纸，再慢慢地往回走，甚是心痛。

高娜总是念念不忘，说："真不巧，一对燕子少了一只，那一只怎么办呢？"

"叫桂叔赔，到别的人家去偷一只回来给我们。"小高飞竟单纯地想出了这个不可行的办法。

"对，叫桂叔赔，要他到别的人家去偷一只燕子来配对也可以，不然那一只怎么办，不就成了寡公或寡母了。"高娜竟然同意小高飞的错误想法，甚是笑话。

但是姐弟俩商量好回到家里，涂桂早已落荒而逃，哪有涂桂的影子。邱玲放心地说："这下好了，燕子再也不会埋怨我们了。"

天黑了，人闲桂花落，夜静春山空。一家人安安定定地入睡了，夜是漫长的。邱玲却做了一个噩梦，燕子回来了，燕子说，我做鬼也不会放过你这一家人，你们害死了我，我会让你们没有好日子过，你们等着瞧吧……

当邱玲醒来时，天已大亮，风起云涌，阴云笼罩着大地。接着一场暴雨倾盆而下，电闪雷鸣，天边不时划过一道道 S 形的闪电，甚是吓人。

"姐姐，下大雨了，狂风暴雨。"小高飞被雷鸣声所震醒，他推了推熟睡的高娜，喊了一声。

高娜翻了个身，揉了揉眼睛，看看窗外，雨点敲打着窗子，不时地问道："天亮了吗，下这么大的雨？"

"不只是天亮，雨哗哗地下个不停，雨势不弱，又要发洪水了。"小高飞躺回床上，感觉到雨下得不小，补了一句。

小高飞和高娜都爬起了床，走出大门口一看，高强和邱玲正在修整鸡笼屋，鸡笼屋是瓦盖的，屋漏偏遇连夜雨，鸡笼屋深深的一塘水。因为大风吹出了个大窟窿，高强和邱玲不得不冒雨抢修，把鸡笼屋修理好，否则那些鸡就无处安身。

"爸爸，要不要我帮手，我闲着呢。"高娜站在门口，仰起头来，看见父母淋得一身都是水，过意不去地问道。

"不要，别帮倒忙，要是淋湿了身子，得了感冒，那不害苦了我。"高强答道。

小高飞却关心地说："爸爸，妈妈，你们可要注意不要被水淋湿衣服得了感冒啊！"

邱玲听了觉得挺不吉利的，让人哭笑不得，骂道："回屋里去，别那么多嘴多舌的。"

小高飞和高娜只好缩回屋里，玩他的小玩具，一会儿坐摩托，一会儿坐坦克，一会儿开汽车，在客厅里翻箱倒柜。

高强和邱玲湿淋淋地冲回屋里来，看见屋里乱七八糟的，很是不高兴，又不敢伤害孩子的自尊心，尽管心里很恼火，表面上却装得若无其事。

邱玲只好说："小高飞，这些玩具，从哪里搬出来，就放回哪里去。"

"好，"小高飞应着，有秩序地把玩具等一一放回纸箱里，并把纸箱放到一边。

高娜说："弟弟，我们家这只留下的燕子也懂得下雨，它躲在窝里一动也不动的。"

"嘻嘻嘻……"小高飞呵呵地笑了起来，不时地看着那只可怜的小燕子，心里有说不出的高兴。

这场大雨足足下了三个小时，雨后初晴，天空湛蓝。村民开始出来查看雨后的灾情。

高强拿着铁铲喊道："小高飞，高娜！走，到我们家的责任田去走走，看看小溪的水是否漫上我们家的稻田，有没有鱼游进我们家的水田里，要是有，今天中午就可以加菜了。"

小高飞、高娜好不高兴，跟在高强后面出发了，经过山间小路，道路两边的树木倒的倒，断的断，歪的歪。还有的拦在道路中间，一片狼藉，让人寸步难行。来到了田间地头，小溪的水漫上稻田连成一片海，大片稻田都被洪水淹没了，浑浊的洪水，形成一条急流的山川，山川中心浪花此起彼伏，大浪滔滔，发出哗哗的流水声。

高强沿着勉强能看得见的田埂走去，看看自家的责任田，叹气道："这春算是没收成了，禾苗都被洪水冲走了，要不就是埋在泥土里。"

"高强，你在叹什么呀？"田运来也来看他家的稻田，听到高强唉声叹气的，便问了一句。

高强苦笑道："稻田的禾苗都没有了，水推的推，泥土埋的埋，要是再有土地改革，再也不要江边田了，沙推水闯又一年。"

田运来笑笑说："高强，你这就不懂了，要是再有土地改革，我专要江边田，一场潮泥好三年。"

洪水慢慢地退去了，田间里三三两两站着一些人，各自都在扶被洪水推翻的秧苗，有的在修整被洪水推塌的田埂。

河边漫上来的水慢慢地消退下去，人们在自己的责任田里转来走去，像寻找着什么，都在仔细地观察。

"田老板，你有你的道理，我有我的打算，凡事都得一分为二，没有绝对的。"高强自主地说。

"哈，哈哈，高强你真够精明，凡事都要考虑一番，真是佩服你。"田运来脱口赞道。

"田老板，你过奖了，谁遇到这样的问题都会这样想的。"高强不敢苟同地说。

"爸爸，我们家的稻田里有一条鲈鱼。"高娜失声惊叫了起来，把高强，小高飞的注意力吸引到自家的责任田上来。

"在哪里？"高强问道，眼睛在稻田里搜寻着鱼的影子，从东到西，又从西到东，眼睛迅速在稻田里搜了一圈。

高娜把手一指，说："你看，那不是一条好大的鲈鱼。"

高强顺着高娜的手指方向看去，稻田里果真有一条鱼，而且不小，在水中若隐若现，正在稻田里挣扎。

"爸爸，快捉鱼呀。"小高飞一脸孩子气，急得团团转，生怕鱼逃跑了似的。

"好，捉鱼。"高强挽起裤脚，一步一步地向鱼探近，然后弯腰猛地双手紧紧地把鱼抓住。

一条好大的鱼，花了好大的力气才抓住，足足有十斤重，高强高兴得不得了，双手把鱼高高地举起来。

"哈，哈哈，中午有鱼肉吃啰！"小高飞高兴地喊道。

"这鱼是我发现的，不关你的事。"高娜把功劳归己有，开始嘟起嘴来。

"不管是谁看见的，都是我们家稻田里捉的。"小高飞不为高娜先看见鱼而让步。

"要是我没看见鱼，爸爸会去捉吗？"高娜据理力争。

"别吵，反正都是一家人，高娜先看见多吃一块鱼肉，小高飞没看见少吃一块鱼肉总可以了吧。"高强笑着说。

"我不吃还不行吗？"小高飞却认真了起来，嘟起嘴巴不说话了。

"好弟弟，开开玩笑，别生气好不好？"高娜讨好小高飞说。

"好！"小高飞又笑了起来，说，"姐姐，你真好！"

姐弟俩奔跑在回家的田间田埂上，一跑一回头，好奇的小高飞，东张西望，倏地发现东边的天空上有一个弧形的红橙黄绿青蓝紫的怪状，从下而上，一层一层的，共七层，甚是好看的景色。

"姐姐，你看，那是什么？"小高飞指着东边天上的弧形景色问。

高娜也没有见过，只好问高强："爸爸，东边的彩色弧形好像一座天桥，那叫什么？"

高强回头看看，意外地发现这彩虹真美，说："彩虹，是彩虹，是雨后阳光反照辐射现出来的彩虹，每当春天下大雨之后，都会出现这东西。"

在小高飞、高娜的印象中，彩虹是一种新鲜事物，他们好奇心很重，不停地观看着，并把它深深地刻在脑海里，永不忘怀。

打道回府又经过了回家的山间小路，那是一片疏疏的树林，却翠草如茵，花树飘香。雨后的小鸟欢畅地闹着，小草吮吸着充足的雨水，散发出醉人的清香。清新的空气，让人不时做着深呼吸，令人心情舒畅。

"爸爸，深山为什么有这么多的鸟呢?"童年时代总是百问不烦，小高飞又有了新的问题，需要问个头来尾去了。

"这是自然生态必然，大自然不能没有鸟，鸟驱虫除害，世上没有鸟，人类就不能生存，鸟是国家保护的动物。"高强一一解答，有问必答。

"爸爸，我们家的那只燕子也在林子里吗?"小高飞关心的还是家中的有着情感的燕子。

"不在的，鸟以群分，燕子居住在农家院里，不住深山野岭。"高强顺其自然地答道。

小高飞毕竟见识少，没有过多的问题要问，不说话了，默默地跟高强往家里走。倒是高娜想起了新的话题，问："爸爸，我什么时候才能去学校读书?"

说到读书，在高娜、小高飞没有出生之前，高强就有了一种心理准备，一定让子成龙，让女成凤。他非常希望后代比他聪明有出息，不像他那样傻头傻脑做泥虫。于是说："到秋季期一开学我就送你去学校。"

"真的吗?"高娜不相信地问。在农村，对于一个女孩子来说，求学总比男孩子强，可村里人就是重男轻女。

"是真的，爸爸什么时候骗过你。"高强心里觉得难得女儿有个强烈的读书愿望，斩钉截铁地说

"爸爸，我也要读书。"小高飞也来劲了，他年龄虽然比高娜小，但他不甘落后。

"小高飞，你还小，等过两年再去读书也不算晚。"高强有计划地安

排着。

"不行，我要跟姐姐一起去学校，姐姐到哪里我就到哪里。"小高飞
坚决地说，他说话的意思是高娜读书读到哪里，他就会读到哪里。

"好好，你们姐弟都一起去上学读书好不好。"高强开心地笑着说，
心里在想，难得子女有个强烈的读书梦。

"好呀！"小高飞、高娜得到高强允许上学的承诺，又惊又喜，手挽
着手嬉笑地奔跑在丛林里。

林子里有一座寒山庙，山里人爱拜神拜佛，高强领着小高飞、高娜走
了进去，寒山庙月亮门，庙堂气氛肃穆，灯烛明亮，大理石柱子，水磨石
地面，显得雅致而美观。金光熠熠的佛像发出灼灼的金光。高强肃然起
敬，端坐闭目，双手合十，嘴里念念有词："神灵啊，可要保佑我家大小
老幼啊，身体健康，平安无事。小高飞，高娜快快长大，读书聪明
伶俐。"

庙堂里的佛像有十八罗汉，神灵庚公，奇形怪状，凶巴巴的，一个个
紧闭嘴唇，大眼圆瞪，十分吓人，令人触目惊心。堂中小巧精致，静穆中
显出清秀之质。小高飞和高娜一个个地欣赏着，这儿瞅瞅，那儿瞧瞧，好
不奇怪。

"小高飞不要乱动乱摸，这些罗汉都是大神触犯不得，它们有灵气和
法宝。"高强说道。

小高飞听了高强的话，再也不敢动，默默地看着这十八罗汉。光怪陆
离，他想象着造就这些雄伟雕像，是不是要读很多的书，心中有种说不出
的新鲜滋味。

"弟弟，你看中间那座佛，眼睛最大又凶又恶，好吓人啊！"高娜指
着神像说。

"凶，才有煞星呢，要不怎么叫大神，凶才有能力保护千家万户的百
姓幸福安康。"高强严肃庄重地说。

观赏一阵后，小高飞、高娜跟着高强出了庙堂。

那条鲈鱼好神了，力气好大，命也长，不但没有死，而且摇头摆尾，

作为一道鲜美的菜肴就要上桌，真有点舍不得。

"妈妈，我们回来啦，抓到一条好大的鱼。"小高飞兴奋地说。

"是吗?"邱玲并不是很高兴，她关心的是生产，问道，"我们家的稻田被洪水淹了没有?"

"淹了，一大片的海洋，禾苗都被潮泥埋住了。"高强显得无精打采。

"都是涂桂惹的祸，要不是他把那燕子砸死了，怎么会发生水灾呢。"邱玲埋怨着说。

小高飞看着厅中墙上的鸟窝，燕子孤苦伶仃地蹲在燕窝旁边的竹钉上，甚是可怜。

（八）

草坡上一片绿，小朋友们欢声笑语，蹦蹦跳跳，打打闹闹，不时快乐地在草地上翻滚，好不开心呀，犹如一群快乐的小鸟，尽情地奔放，乐而忘返。

"小高飞，来！我们玩捉迷藏。"田耀强狡诈地说。

"好呀！"小高飞爽快地答，"谁被抓到，谁就请吃冰淇淋。"

"小高飞，今天不许玩捉迷藏，今天是我们报名读书的日子，要是报名满了，就没座位了。"高娜提醒着说。

"姐姐，我玩一会儿就去学校行不行?"小高飞不高兴地问道，他得尊重姐姐的意见。

"不行，你跟妈妈做过保证要好好读书的。"高娜脸色严肃地说。

"哈，不玩捉迷藏啦！"小高飞得意地跳了起来，说，"我听姐姐的，上学去。"

"读书不必那么认真的，学会简单的加减法就可以了，人生最关键的是有钱，做什么都行。"田耀强话里带着一股豪气。

"问题是我们家没有钱呀，有钱谁都会说话。"高娜反驳道。

"没钱? 没钱，你爸爸可以跟我爸爸去干活呀，只要干活，我爸爸就会给你爸爸钱。"田耀强开导着说。

"我爸爸是奴隶，你爸爸是奴隶主。你爸挣的是奴隶的血汗钱，我爸爸挣的是辛苦钱，你爸爸不用干活都能挣钱，我爸爸干的都是粗活重活，不一样的，而且挣的钱也没有你爸爸多，"小高飞谨言慎行地说，"我以后挣的钱一定要比你爸爸多，我以智慧和力量挣很多很多的钱，才对得起我的爸爸妈妈。"

"你爸爸也可做奴隶主呀，带一帮农民工去挣钱啊！挣很多很多的钱。"田耀强头脑简单地说。

"这可不行，你爸爸文化高，我爸爸只有小学文化，你以为谁都可以当老板的吗，没有文化不会算账，是要亏本的。"高娜意识到文化的重要性。

"去学校啦。"小高飞奔跑了起来，能够上学是一件开心事，老早就盼望着这一天的到来。

"小高飞，我跑得要比你跑得快，你信不信？"田耀强边跑边追着说。

"你本来就比我高大，比我跑得快有什么出奇呢！"小高飞已经意识到自己的弱点，反击道。

"小高飞，不要跟田耀强赛跑，等一下跌倒了不好。"高娜毕竟是姐姐，考虑周到，怕会有意外事情发生，阻止了小高飞盲目赛跑。

小高飞只好听从姐姐，跟在姐姐后面慢步而去。走着走着，前面抬来了一架龙骨车，龙骨车也算是古董了。长长的一条，中间由一块块夹页组成，像链条一样连在一起，柜子两头各一个木齿轮缠着夹页，齿轮柜边一边一个摇手。天气干旱时，山里人就搬出这些土工具摇水抗旱。

抬龙骨车的人走近了，小高飞认出其中一个是涂桂，砸死他家燕子的祸根。小高飞、高娜真想上前去骂他一顿，但看到这长长的怪木柜，又来了兴趣，便想看个热闹，问个究竟。小高飞奔跑过去，大声地问道："桂叔，桂叔，你抬的是什么东西？"

涂桂笑呵呵地说："这东西你没见过，这叫龙骨车，是我们山沟里人常用的抗旱的老古董，哪块稻田干旱了，就抬这东西出去浇水稻田。"

小高飞又问道："浇水不是有抽水机吗？"

"抽水机太沉重，再说山沟沟里哪来的电，柴油机嘛，根本进不去，还是这东西方便。"涂桂淡淡地笑道。

田耀强跑过来，拉了拉小高飞的手，喊道："小高飞，去学校啦，有什么好看的，你姐骂了。"

小高飞跟着田耀强一窝蜂似的跑了，在去学校的路上，小高飞每遇见一件没有见过的东西都要仔细看一看，好奇心很重，一切都是那样新鲜而刺激。

九龙冲学校，坐落在半山腰上，半旧不新的教室，教室是一间不到一百平方米的砖造瓦房，年久失修，墙烂瓦破，没有玻璃的窗户，四面透风，经常是屋外是大雨，屋内是小雨绵绵。陈旧的课桌和椅子，都是缺胳膊少腿的，一块写得发白的黑板。

小高飞走进教室，这边看看，那边望望，他以为世界上的教室都是这样，都是破破烂烂的，没有一张书桌是好的，没有一张凳子不缺腿的。小高飞第一次见到的小同学，大部分都是陌生的面孔，陌生的面孔都有种相似的感觉。

田耀强感觉奇怪，说："小高飞，从今天起你的名字少了一个字你知道吗？"

"不知道，少什么字，怎么会少了一个字呢？"小高飞莫名其妙地问。

"从今天起，你就是高飞，不是小高飞，老师说不许那样叫，那样叫是你的小名。入学注册要写高飞，你姐姐帮你注册了。"

"哦，是这么回事，我以后就叫高飞了，我明白了。"小高飞笑嘻嘻地说。

"高飞。"田耀强故意大喊一声，声震云霄。

"到！"高飞也大声应着，声音在山间回荡，久久不息。

小朋友在回家的路上同样发现不少新鲜事物，种种的好奇，童年生活是开心的、是幸福的。

"姐姐你看，天上的小鸟自由飞翔，张开翅膀在天空上旋转，时而上，时而下，一降一起不断地周旋，真有意思，我要是能像小鸟多好！"

高飞说着，看着天空发呆。

"是呀，我们本来就像小鸟一样，在欢呼，在歌唱。"高娜看着蔚蓝色的天空说，"强哥，你曾见过在天空小鸟背小鸟的吗？"

小鸟是非常团结的，往往是成群结队。小朋友们一齐拥过来在高娜身边，看着天空中两只美丽而奇怪的小鸟，小鸟背小鸟在翻滚，像是在跳双人舞。

田耀强摇摇头，说："没见过，这是第一次，大概是母子吧，是鸟妈妈背儿子。"

高飞突发奇想："可能是鸟儿子生病了，鸟妈妈背它去看病吧！要么就是走亲戚。"

小朋友们都笑了，田耀强笑道："世界上哪有鸟妈妈带鸟儿子去看病的，难得你高飞想出这样的怪话来。"

"去看病，去哪里看病？"高娜并没有笑，她在幻觉中问。

"去深山老林呀，乌鸦在深山老林建有小鸟的医院，深山老林住的小鸟多，乌鸦就把医院建在深山老林里。"田耀强紧接着说。

小朋友们继续往回家的路走去，他们的话题已不是天上的小鸟，而是深山老林里的小鸟医院。

"小鸟医院也有儿科吗，我妈妈带我去看病时，常常到儿科。"高飞颇有记忆力地说。

"肯定有，不但有儿科，还有内科、外科、骨科、眼科、口腔科，样样齐全。可能还有 X 光、心电图、B 超。"田耀强也富于想象力地说。

"可是，鸟儿子生的是什么病呢，会不会是感冒，我感冒时，流鼻涕、咳嗽、又发烧；小鸟感冒会不会像我那样，流鼻涕、咳嗽、发烧？"高飞幼稚地问。

"我又不是小鸟的妈妈，我怎么知道，你去问鸟妈妈好了。"田耀强有些烦了。

此时，两只白鹤从空中飞过，高娜于是岔开话题，开玩笑地说："天上两只穿白卦的不就是医生和护士吗？"

"是呀，是呀，医生来了。"田耀强帮衬着说。

空中的鸟儿三三两两，过了又来，来了又去，飞鸟如云。高飞又有了新的幻想，问："姐姐，你说鸟爸爸、鸟妈妈会对鸟儿子好吗？"

"当然好了，要不小鸟出壳之后，怎么捕食，还不是靠鸟爸爸和鸟妈妈找食物给它吃呀。"高娜不假思索地回答。

"高娜，放学后我们到山中去找鸟巢，捡鸟蛋煮了吃，听说鸟蛋比家禽蛋的营养高多了。"田耀强说起自己的想法。

"好呀，我发现发达山的林里有好多鸟巢，而且，我发现其中一个……"高飞要说不说的。

姜还是老的辣，田耀强年龄虽然比高飞大不了多少，却也会暗自盘算，打起高飞的小主意来，高飞的话还未说完，他就飞奔而去。

"高飞，你不应该把发达山的鸟巢告诉田耀强，他会到发达山捡鸟蛋了。"高娜埋怨道。

"我又没告诉田耀强在发达山的哪个具体位置，哪棵树；他能把鸟蛋找到就算他有本事了，不过，我以后不会告诉他了。"高飞怒火中烧。

说着，说着，高飞和高娜回到了家，邱玲把饭菜端到桌上，疼爱地说："小高飞、高娜，趁饭热菜香，吃吧，吃了饭休息一下再去学校。"

高飞兴高采烈地说："妈妈你猜，我今天见到谁了？"

邱玲微微一笑，说："我猜不到，你遇到谁啦？"

高飞眨巴着黑亮的眼睛，却不说话了，低着头吃饭，弄得邱玲猜不透，摸不着。

高娜望望高飞，骂道："要说不说的，鬼头鬼脑。"

高飞抬起头，露出孩子气的笑脸，说："我今天遇见浩叔叔了，他是我们班的老师。"

高娜又瞪了一眼高飞，说："我以为说什么，原来说这个。"

邱玲大吃一惊，笑道："真的，你不会认错人吧！"

"不会，又不是我一个人见，姐姐也见。浩叔叔问我叫什么名字，我说我爸说我喜欢跳来跳去，一跳起来就像飞，越跳越高。我爸爸有个梦想，希望我长大之后能独立生活，就像小鸟一样长了翅膀靠自己找食，自己养活自己。我长大之后一样要出去打工，自己养活自己，越有本事越好，所以我爸爸给我起名为高飞，希望我如小鸟一般飞向蓝天，飞向远方。"高飞笑嘻嘻地说。

"是不是，高娜！浩亮当老师啦？"邱玲咯咯地笑着问，还不相信。

"没错，浩叔叔当老师了，我们注册就是他登记的。"高娜诚恳地说。

"他不当老板啦？"邱玲自言自语地问。

"我哪里知道，要问你去问他。"高娜以为邱玲问她，生气地说。

"吃吧，吃吧，快吃吧，"邱玲高兴地说，"生意场就是战场，容不得半点慢动作，也许他已经做烦了，等会儿我去找浩叔叔，给你们安排个好的座位。"

"妈妈，不要，浩叔叔怎么安排，我们就怎么坐。"高娜边吃饭边说。

"妈妈，我们读书不喜欢拉关系找熟人，我要靠实力读好书。"高飞好志气地说。

邱玲点点头说："一定要听浩叔叔的话，不许胡闹，上课要专心听讲。"

"妈妈，你放心，我会的，我过去说过的话一定能做到。"高飞坚定地说。

"这就好，有你这句话妈就放心了。"邱玲唇边带着一个好不高兴的微笑。

话虽这么说，童年的贪玩是每个孩子都改变不了的事实。

中午后，在去学校的路上，小朋友们嘻嘻哈哈，闹闹打打。田耀强的点子最多，他总是以大哥的名义说话。很气派地说："各位小朋友，谁在丛林里能找到一个鸟窝，捡到鸟蛋，每窝鸟蛋我给10元钱。"

人总是想钱的，如果不想钱，就没有了追求，就没有拼搏了。不过，只有经过劳动得来的钱，才用得开心。

小朋友们一窝蜂地踩着蛛丝般的野径小路冲进密密匝匝丛林里，踩着厚厚软软的绵草，经过参差不齐的小灌木，寻找着筑在草丛下的鸟巢，有一种鸟叫鹧鸪，专门在草丛下起窝生蛋，小朋友想找的就是这种鸟蛋。

小朋友们太天真了，所有的精力都放在找鸟蛋上。就在小朋友们找鸟蛋的时候，时间在一分一秒地过去。找着找着，高飞和其他小朋友一样忘记了时间，满脑子都是钱和鸟窝。

"啪"的一声，一只鹧鸪从草丛里窜了出来，飞到对面的山林去了，吓了高娜一跳。

高娜"啊"的一声，赶紧向鹧鸪飞出的地方走去。然而，却找不到鸟窝，失望地转身走了。

"我捡到一窝鸟蛋。"田耀强拿着鸟蛋在小朋友眼前晃来晃去，得意地喊道，"只可惜不是你们发现的。"

小朋友们一齐围了过去，看看田耀强捡的是什么鸟蛋，大家一看都傻了眼。

"这是什么鸟蛋，傻蛋（蛇蛋），南蛇蛋。"高娜大声地说。

"谁说这是傻蛋，你不懂。"田耀强还争执不止，说，"这是百灵鸟的蛋。"

"哪里是百灵鸟的蛋，百灵鸟的蛋比鹧鸪蛋还要小。"高娜争得脸红脖子粗。

百灵鸟也是在草丛下筑巢的鸟，在草丛下繁殖后代，色泽和鹧鸪近似，就是体形要比鹧鸪小，常常在田头坡边活动找虫食，去无影，来无踪。

南蛇也爱在山上的草丛下筑窝，不过它的窝以泥巴为主，田耀强没有想到这点，还在大声地跟高娜争论，说："我不信这是南蛇蛋。"

高娜从田耀强手中拿过一只南蛇蛋，说："你看这蛋软软的，人家鸟的是硬壳的。"

田耀强这才心服口服，把蛇蛋随便往远处一扔，不料，"哗"的一声，从草丛中窜出一条南蛇，大约有两米多长，"咝咝咝"地向小朋友们扑来。小朋友们吓得魂不守舍，四处逃跑，高飞被吓得头冒冷汗心下坠，大声呼喊："救命啊——有毒蛇——"

正在山脚下干农活的涂桂听到喊声，以猛虎上山之势冲了上来，大声问道："发生什么事了？"

高飞往不远处的草丛里一指，说："桂叔，快快，那里有一条好大的蛇，它想咬我们。"

涂桂往高飞指的草丛里看去，果真有一条南蛇在十米以外把头扬得高高的，好恐怖。

但是，涂桂毫不畏惧，飞快地向南蛇扑去，南蛇见势不妙，赶快低下蛇头掉头逃跑，向草丛中窜去，涂桂三步并两步，手疾眼快，一手狠狠地抓住蛇脖子，一手抓住蛇尾巴顺手牵羊地提起来，南蛇挣扎了一下，就乖乖地就范了。

"好大的一条南蛇，至少卖得两百元钱。"涂桂好不高兴地说。

小朋友们蜂拥而近，观看着涂桂手中的南蛇，高飞还不时地摸摸蛇头。

"不许动。"涂桂吼道。

"桂叔，你抓到的南蛇也有我的一份，要不是我大声喊，你知道这里有条南蛇吗？"高飞毕竟幼小，不但不感恩，反而争功夺劳。

"呸，你敢说我捉的南蛇你有份，真不知羞耻，太不要脸了。"涂桂骂道。

"可不是吗，要不是我叫小朋友上山找鸟窝，捡鸟蛋，怎么会发现南蛇？"田耀强也见利忘义。

"对，这条南蛇我们都有份，小朋友们，你们说对不对？"高娜挑拨着说。

"对！"小朋友齐声地喊着，声震山响。

"好好，就算你们有份吧，我要是卖到好价钱，按所有孩子分份。"涂桂只好甘拜下风。

"呵哟——"小朋友们兴高采烈地欢呼着。

"不行，南蛇是保护庄稼的动物，不许伤害它。"田运来从田野上听到山上喳喳声，走了上来见到此情景便镇住说。

"爸爸，这是怎么说？"田耀强表示支持父亲的想法。

"你们想想，南蛇捉老鼠，而老鼠大片大片地糟蹋庄稼，令人心痛。你们不觉得这样伤害南蛇就是伤害我们农民吗！"田运来简而言之。

"是的，去年我爸爸带我们到江边的田野上观察禾苗生长情况，发现大片责任田的禾苗被老鼠咬了，欲哭无泪，令人心痛。"高娜想起自家的禾苗被老鼠糟蹋的情景，实在是令人气愤。

"田伯伯，老鼠为什么跟禾苗过不去？"高飞不解地问。

田运来分析了起来，说："只要是正在生长的禾苗旺盛阶段，嫩绿甘甜，让老鼠吃着有甜滋滋的口感，就像人吃甘蔗一样，越吃喉咙越觉得舒服，越吃越有味，越吃越想吃。老鼠简直是咬疯了，一棵一棵禾苗地放倒，而且不只是一只老鼠，有时候是一群老鼠，你们想想这么多的老鼠，一个晚上要咬多少的禾苗。蛇是老鼠的天敌，要是把蛇捉了，岂不是害人又害己！"

涂桂瞪大了眼，问："田老板，那我该怎么办？"

"还用说，把蛇放了呗！"田运来毫不犹豫地说。

"要是南蛇再伤人怎么办？"涂桂担心地问。

"不会，当然人类伤害了它，它也会打击报复。"田运来肯定地说。

"对了，田伯伯，刚才是强哥把捡到的南蛇蛋扔了，也许南蛇闻到气息，才向我们扑过来。"高飞积极地说。

"就是嘛，小朋友们，以后见到蛇蛋不要破坏，同样要保护它。"田运来教导着，转而说，"快去学校吧，好好读书。"

"妈妈，你放心，我说出的话一定能做到。"这句话在高飞的脑海里如闪电般地划过。

高飞不动声色地迈起了脚步，不由自主地向学校走去。

（九）

　　天空蔚蓝亮透彻，日出江花红似火。温和的阳光把地面晒得干燥闷热，让人有种窒息的感觉。

　　中午，高飞手捧着一棵小小的树苗来到高强面前，说："爸爸，在我们家屋前的晒坪边种上一棵摇钱树吧？老师说前人栽树后人乘凉是修心积德。"

　　高强笑呵呵地说："我栽树我就不能自己乘凉吗，为什么非让后人乘凉？"

　　"爸爸，不是那个意思，你栽树你也能乘凉，不过大多是让后人乘凉，你总不能长生不老吧？"高飞和声细气。

　　"你这小家伙还挺会说话的，还在教育爸爸啦，好吧，我就把树苗种到晒坪边上，长大后让后人乘凉，这干旱的天气，你可得负责给树苗浇水啊！"高强交代着说。

　　"行，树苗浇水的活就包在我身上，我会天天给树苗浇水的。"高飞欣然答道。

　　"这可不行，你天天给树苗浇水，树苗会死的，树苗不能水分过多，保持潮湿就可以了。"高强纠正高飞的想法。

　　"知道，知道。"高飞说话应得如大人一般响，"爸爸，我按你说的做就是了。"

"这就对了。"高强说着走回会客厅里找来一把铁铲，在门前的晒坪边挖了一个坑。高飞把树苗的根放到坑里，高强再培土，土壤填满坑后，不时用铁铲拍拍泥土。

"爸爸，到下雨天要不要浇水?"高飞请教道。

"看下的雨是大还是小，是小雨，当然要给树苗浇水。"高强说道，转而喊道，"小娜，打水来浇树苗。"

"哎——"高娜正在房间里写作业，听到喊声提着半桶水走出门来，把水倒在树苗的根下。

"好啦，栽下摇钱树，总有一天会招来金凤凰。"高强笑眯眯地说。

"爸爸，你说什么?"高飞奇怪地望着高强问。

高强还是笑嘻嘻地说:"梧桐树长大之后，肯定招来金凤凰。"

话语中，给人一种神秘感，高飞和高娜谁也猜不透高强话里的意思是什么，只有高强自己才最清楚。

"爸爸，我相信你说的话是对的，树苗长大之后，肯定有小鸟飞来筑窝下蛋是不是，不过就不知道是不是凤凰了。"高飞说着用手摸摸自己的脑袋。

"刚才爸爸不是说了吗，肯定就是凤凰。"高娜说道。

"爸爸，这样吧，这树苗呢，我和姐姐轮流浇水行不行?"高飞提议说。

"好，这个提议好，单日是你，双日是你姐姐，"高强安排道。

"爸爸，那我不吃亏了吗，单日多了一日，"高娜觉得不公平。

"吃亏死不了人，你要是想浇多一日，那有 31 日那个月你浇 31 日，小孩子不怕吃亏，有时候吃亏也是福，付出总会有回报的。"高强举了一个事例。

从前，有一农夫，十个儿子，全家人都是靠种田为生，这个农夫有很多的田地，一到春天就安排十个儿子犁田开春，收成得来的稻谷大家都有份。农夫身强力壮，不巴望儿子们做些什么，只要做好自己的家庭小事就

小 鸟
XIAONIAO

可以了，儿子们各过各的生活，乐享其成，不用多操一份心。有一年春节，农夫确实老了，渴望儿子孝敬他，没想到儿子们都冷眼相待冷落他，不把他放在心里，认为父亲有的是钱，要吃龙肉都有，何必浪费他们的那半斤几两米，儿子们没想到父亲要的是心意，不是要吃什么大鱼大肉，可是他们就是做不到。所以，儿子们都没有给农夫吃年夜饭。

天都黑了，十个儿子都没有踏进他的房门，农夫暗自垂泪。

"爸爸，吃年夜饭啦！"农夫正在抹泪时，有人喊道。

农夫抬头一看，是路边捡来养大的那个儿子，农夫只好说道："我吃过了，你们吃吧。"

这个路边捡养的儿子叫老十，老十坚持地说："哪怕你是吃过了，你也得过去坐一坐，我才心安。"

农夫只好跟着捡养儿子过去吃年夜饭。刚坐下，农夫泪水滚滚而下，说，"老十啊，要不是有你，我这个春节恐怕就没饭吃了。"

老十说："爸爸，你说哪里的话，一家人还那么客气。我虽然穷，但是，只要我有一口吃的就不会少你的。"

这句话打动了农夫的心，农夫给这个儿子说了几句悄悄话。到了大年初一，农夫召集十个儿子开会："儿子们，我已经老了，再也无法组织你们耕作，所以召集你们开会，把田地分了，免得麻烦。我也没有精力去给你们分田地，我想出个最好的办法，今天各赶各的牛去犁田，谁犁得田，就归谁所有。"

十个儿子听后，都以最快的速度回去赶牛。尤其是老大精明强干，老奸巨猾，他养的水牛牯又强壮又高大，不到一个小时就犁了一亩多田，而其他的兄弟远远不如他。不到一天的工夫，十兄弟就把几十亩土地犁完了。

晚上，农夫又召集十个儿子开会，查问犁田的情况，老大得意地说："我犁得三亩九分六。"

老二、老三、老四……老九等兄弟只是老大的一半，都睁大眼睛看着老大。只有老十说："我犁得三十九亩六分。"

高飞惊奇地问："这个老十怎么犁这么多？他变神仙呀？"

高娜痴痴地望着高强说："这个老十法力无边吧！"

"不是，请听下文。"高强继续说，

农夫的所有儿子听了都大吃一惊，兄弟几个都争相质问："老十你为什么犁得这么多？"

老十说："你们不信可以去看嘛。"

兄弟们都不服地说："对，我们要去看看，我们不相信你老十会飞。"

农夫说："不用去看了，我知道老十怎么个犁法，老十从田头犁到田尾就算犁完一块田，其实每块田只犁一犁，他怎么不犁得多。谁叫你们头脑这么笨！"

农夫的九个儿子都脸发青眼发直地望着他，都被镇住了。

农夫的心偏向老十，说："今天早上开会我讲过，谁犁的地谁得，你们还有什么不服的。"

所有兄弟气极了，又无法反悔父亲之命，只好认命了。其实，农夫心知肚明，老十请他吃年夜饭时，他就教老十这样做的，这就是吃亏也是福的道理。

高飞和高娜都"呵呵"地笑了，高飞说："这个农夫的这帮儿子也是够笨的，要是我每块田犁半犁就得了，甚至，用犁头撞过去出个痕就得了。"

"飞弟，你也太贪心了吧，要不是有农夫的指点，这个老十会这么聪明吗？人家老十孝敬老人。"高娜指责着说。

"那倒也是，以后我也要孝敬老人，听老人的话，多接近老人，多关心老人才是。"高飞若有所悟地说。

"小孩听老人言，得吃又得钱。"高强激励着说。

"那从明天起，姐姐，我不怕吃亏，我天天坚持浇树苗，不用你浇了。"高飞积极地说。

"飞弟，这不叫吃亏，这叫多占便宜。飞弟，我力气比你大，以后树苗就由我来浇吧。"高娜据理力争。

"不，姐姐，不要你浇树苗，我多浇树苗多锻炼身体。"高飞争着说。

"不，弟弟，树苗由我来浇，你好好读书做作业就是了。"高娜也不退让。

高强安排着说："你们都不用争，谁发现树苗下的泥土干了，谁就主动给树苗浇水，树苗浇水不得过度，浇水过度树苗会死的。"

"对，听爸爸的。"高娜心知不可跟弟弟争执，只好附和道。

高飞没话说了，相信大人的话是真理，不会错。其实老人的话也不一定全部是真理，依据科学分析出来的言论才是真理。

这天下午放学回家，高飞就给树苗浇水，以示他不怕吃亏的想法，并用一只猪笼罩着树苗，避免其他孩子把树苗整死了。

高娜见了问道："弟弟，你怎么抢着给树苗浇水？"

"姐姐，树苗下的泥土都干了，要是不浇水，树苗会死的。"高飞正儿八经地说，"新种的树苗要一天早晚浇两次水。"

"你听谁说的，新种树苗一天要浇两次水？"高娜不相信高飞说的道理，要问出个理由。

"浩老师说的，这棵树苗也是浩老师给我的。浩老师说，高飞，你种下这棵树苗，观察着这棵树苗，看是这棵树苗长得快还是你长得快。"高飞把浩亮说的话说给高娜听。

"浩老师怎么知道你把树苗栽了呢？"高娜奇怪地问道。

"中午我去学校时，在学校门口见到浩老师，我跟浩老师说种了树苗的事，浩老师听了很高兴，浩老师对我说，新种树苗一定一天两头浇水。否则，树苗长不出新根，就不能活。"高飞噼里啪啦地说。

高娜无计可施，只好回自己的房间做作业去了，高飞也跟着回去在自个书桌上认真写字。

天气干旱，田地龟裂，一到下午，高强和邱玲就得到江边的稻田里去挑水浇禾苗，一天不浇，禾苗就会萎靡不振，这样下去会影响收成。已干了一个下午了。天色到了鸟入林，鸡上窝的时候，农村人开始收工了，田运来也来浇他家的稻田，回去时从高强家的田边走过，顺便喊道："高强，回去啦，你们两口子还在这里干什么，天都快黑了。"

"哎，马上就走。"高强一边挑水一边应道。

邱玲也"呵呵"地说："就这最后一担。"

田运来一步一步地走远了，高强和邱玲也觉得该回去了，就收拾木桶扁担、水勺回去。走着走着，太阳落进了山底，日落西山彩霞飞，天就渐渐黑下来了，早来的夜已将一片苍翠化为浓黑。天色转黑以后，便是阴沉沉的一片。黑沉沉的天空，万籁俱寂，不时听到吱吱的虫鸣声，沙沙瑟瑟松涛声，凄凄厉厉，让人毛骨悚然。

"呱——呱——"远处传来可怖的声音，同时风声呼呼，蝉声满山。邱玲感到好害怕，一种从未有过的恐怖。

"高强，那是什么声音?"邱玲紧张地问道。

"鬼声音，"高强随便地答，"天气太干旱了，鬼都被晒出来了。"

说着，说着，回到了家，看见高飞伏在书桌上睡着了，邱玲看到儿子如此的困，便走过去把他拉回房间去睡觉，把高飞拉起来时，看见高飞写字本里歪歪斜斜地写着，我、我、我……一页纸，觉得又好气又好笑，轻声细语地说："高飞累了，回床上睡觉。等会儿妈煮好饭了再叫醒你。"

高飞昏昏沉沉，懵懵懂懂地站起来，略欠欠身，向大门走出去，东一脚西一脚不知方向。

邱玲急忙喊道："高飞，你去哪里?"

"去睡觉。"高飞闭着眼睛糊里糊涂地走着。

邱玲不得不说道："房间在后面，你走错方向了。"

高飞又转身向卫生间走去，高强在一旁看着笑嘻嘻地说："你看这家伙，睡得不知东南西北了。"

"你看现在都几点了，都21点了，能不困嘛。要不是天干地旱，去挑水浇禾苗，你也睡得二觉了。"

"哎，当农民就是凄凉，狗子狗孙下辈子不当农民。"高强发誓说，"就是捡垃圾也要到城里去捡。"

"想得倒美，又不是一个箩筐，想拿去哪里就拿去哪里，你以为想去城里就去城里呀，告诉你没门。要是儿女争气，考个什么名牌大学，有了稳定的工作，你就可以做美梦啦，否则，你梦都别想。"邱玲把高强看扁了。

"平时多烧香拜佛，我就不信儿女考不上名牌大学。"高强竟然想依靠求神拜佛，保佑儿女考上大学。

"呸，我才不信神鬼呢，有多少人香炉盆里添了多少香灰，大鱼大肉地供奉，还不是家破人亡，无家可归。聪明在于勤奋，命运都是靠后天努力的。"邱玲争论着。

"呱——呱——"鬼叫的声音又传到屋里来了，给人一种不祥的预兆。

"你听，你听，说错了吧，鬼都不让你。"高强吓唬道。

邱玲不敢吭声了，心里想道，难道世上真的有鬼？她在厨房里轻手轻脚地炒菜煮饭。

"哟，还没吃饭呀，香喷喷的。"涂桂吃过晚饭无所事事串门来了，一进门就吸吸鼻子。

"桂叔，你真是有吃神，平时我家高强说，有吃要多烧香请神请鬼，不用请你都来了，真是节约两支香。"邱玲嘲笑地说。

"说什么呀，你当我是死人呀，变鬼呀。我要是变了鬼，不整死你才怪呢！"涂桂瞪着眼睛凶凶地说。

"不是，我刚才听到鬼叫。我煮好饭准备烧香请神请鬼，你就到了。"邱玲还是在说笑。

"唉，请神可以，千万不要请鬼，多条香多只鬼。"涂桂神秘兮兮地说。

"嗨，涂桂，刚才你是否听到鬼叫了？"高强神经紧张了起来，恐惧地问。

"没有呀。"涂桂佯装惊讶地答道。

"刚才我从田间回来的路上也听到鬼叫，这就奇怪了，难道你真的有这么好的福气，就听不到鬼叫？"邱玲一本正经地说。

"没有，真的没有听到鬼叫。"涂桂十分诡秘地说。

话音刚落，屋外又传来了"呱——呱——"的鬼叫声。

"你听，鬼又叫了。"邱玲皮毛直竖。

涂桂竖起耳朵静声细听，竟然鬼的声音又没有了，涂桂装糊涂地问："是不是，你们听错了，我怎么没听到鬼叫?"

"不会，这声音如婴儿啼哭。鬼叫这么大声，你都听不到，我怀疑你的耳朵有问题，"邱玲说着转身问道，"高强，你听到鬼叫没有?"

高强屏息静听，说："听到了，绝对没有错，这鬼到底从哪里冒出来，我就不清楚了。"

涂桂并不在乎，他一边吃晚饭一边讨论鬼的话题。其实，涂桂也听到了，他故意装糊涂壮大家的胆。

"吃了你们的消夜，我又该回去了。"涂桂寒暄一阵后，慌里慌张地走了。

涂桂走后，居然鬼又叫了，这鬼的叫声间断地出现，整整叫了一个夜晚，将到天亮。

"姐姐，起床啦，该你浇树苗了。"高飞却睡得格外香甜，醒来敲敲高娜的房门，催促地喊道。

"哦。"高娜一跃而起，拉开房门，走向卫生间提起胶桶装了水，走到厅外院边的树苗前，开始给树苗浇水。

阳光像浇铸在了摇钱树上，静静地吐着金光。

高飞蹲在地上问："姐姐，树苗什么时候能长高呢?"

高娜欣然地说："树苗犹如一株无名的小草，每天吮吸着新鲜的雨露和阳光，慢慢地长高。在雨露和阳光的呵护下苗壮成长。"

风儿轻轻地吹，树儿轻轻地摇，它在和小朋友们招手，倾吐心曲，吐露着那颗感恩的心。

（十）

天气还是那样的热，太阳还是强势压人，火辣辣的天，气温不断上升。高飞游玩在村间的羊肠小道上，小学生也爱串门，来到了九叔婆的家。

"九叔婆，桂叔呢？"高飞随口而问。

"桂叔去做建筑呀，这鬼天气热死人了。"九叔婆发出苍老沙哑的声音。

"桂婶呢？"高飞又问道。

"桂婶一大清早就出去打扑克了，整天游手好闲，不务正业，累死你桂叔了。"九叔婆埋怨道。

"九叔婆，你何必操那份心，你家桂叔都不紧要你紧要，让她玩去嘛，要吃她自己做，你担心她会操坏你的身体的。"高娜情意绵绵地说。

"你和涂八头在家，涂八头陪着你也不出去玩，真是够孝顺的。"田耀强故意褒褒九叔婆。

"孝顺个屁，几次想跑出去，我都把他叫住了，好难教育啊。"九叔婆沉重地叹了口气。

涂八头听着努努嘴，不敢说话。也不想惹九叔婆生气，他是个孝顺的孙子。

"九叔婆，你觉得孤单，要不我们在这里陪你聊聊天。"高娜看出了涂八头的心思，便嘻嘻地说。

"不用，不用，我习惯了。"九叔婆感激地说。

"九叔婆，我的肚子好饿哟。"高飞娇嗔地说。农村孩子就是这样，谁给吃就认谁亲。

"饿了，饿了，九叔婆拿粥给你们吃。"九波婆慷慨又热情，说完马上端来一盆清凉可口的粥，并从碗柜里拿出一碟炒好的黄瓜皮。

高飞、高娜、田耀强等一群孩子如同在自己的家，不客气地吃起粥来，一点都不害羞。

"九叔婆，我们吃了你的粥，桂叔回来没得吃怎么办？"高娜不好意思地说。

"没问题，一会儿我再煮。"九叔婆并不在乎。

"那就谢谢九叔婆了。"田耀强吃了粥抹抹嘴，情不自禁地说。

"谢谢九叔婆!"高飞也跟着说。

"谢谢九叔婆!"

……

小朋友们一个一个地跟着喊，九叔婆乐开了怀，"嗯嗯"地应着。

高飞、高娜、田耀强从九叔婆家出来，涂八头也跟着出来，穿过了奇山峻岭，来到了九龙江边的河堤上，河堤上有棵古树，枝叶密布。小朋友们在树荫下，嗅到了山野的味道，河流的气韵，泥土的馨香。

在九龙江边的河堤上，小朋友们有说有笑，习惯于捡起小石头投进小河里，于是平静的水面，荡起了层层涟漪，粼粼的河水揉碎古树的倒影。

小朋友们嘻嘻哈哈走下河去，准备下河戏水。

"不许到河里玩水，这是浩老师说的。"高娜把他们叫住。

小朋友们猛地收住了脚，从江边的水中回河堤上，一个个痴痴地看着小河清清的流水。

高飞烦烦地说："姐姐，不让我们玩水，我们来这里干什么？"

"看看江中的鱼呗，鱼儿摇头摆尾江中游，多友好的团体。再看看清

88

澈的流水，小河清澈见底，如同一条透明的蓝绸子，静静地躺在大地的怀抱里!"高娜赞道。

"你看，鱼儿在交头接耳，讨论村中大事。"田耀强朗朗地笑着说。

"涂八头，你要干什么?"高飞喊了一声，涂八头在大家不注意时，走下水去，企图玩水。

涂八头是涂桂的儿子，年龄跟高飞差不多，只是高飞比他长得高大一些。涂桂常常带他到高强家玩，也就和高飞、高娜混熟了。

"鱼，鱼，鱼!"一条鱼在水中翻江飞舞，窜上窜下，涂八头回头跟高飞说。

"不要管它，抓不到的，鱼在河里是它用武的天地。"高飞用温和的口气说。

涂八头走上岸，静静地看着游来游去的鱼，有一种依依不舍的表情。

"涂八头，我们回去。"高娜拖着涂八头往回走。

涂八头乖乖地跟在高娜后面。一步一回头，看着高飞、田耀强他们是否跟上来。

稻田里泛起了金色的涟漪，微风带来了丰收的喜悦。晚霞给苍翠的青山染上了一层薄薄的紫霞，山间显出它朴拙自然的美景。

小朋友们踏着晚霞而归，涂八头走在前面，他管高飞叫哥哥，管高娜叫姐姐。他尊重地问道："姐姐，我们回去干什么呢?"

天已黄昏，落日又晚霞。小朋友们走在回家的小道上，欣赏着旭日西斜的美景。

"天已傍晚，还不回去，等会儿你爸爸收工回来见不到你，多着急呀。"高娜随口答道。

"我爸爸是不会管我的，我奶奶会告诉他，我跟你们出来玩了。"涂八头还是有点聪明地说。

"那好，今天晚上你就住在我家里，今晚在我家吃晚饭。"高娜开玩笑地说。

"那可不行，我要是见不到我爸爸妈妈就吃不下饭。"涂八头实实在在地说。

"为什么,你还要你爸爸妈妈喂吗?"高娜凝视着涂八头问。

"不知道。"涂八头有种道不清说不明的感觉。

田耀强嘲讽地说:"涂八头,你还要吃你爸爸的奶吧,你觉得是你妈妈的奶香,还是你爸爸的奶香?"

"不是,我爸爸哪里有奶给我吃,我妈妈才有,不过,我妈妈早就不给我奶吃了。"涂八头说得好像真的不舍得妈妈的奶头一样。

小朋友们哄地笑了,高飞哧哧地笑了起来,说:"涂八头你这么大了还想吃奶,不觉得害羞吗!"

涂八头"哇"地号啕大哭起来,吓得小朋友们都傻了,不知所措,静静望着他。

"别哭,别哭,他们是闹着玩的。"高娜毕竟是个女孩子,她用出了看家的本领,哄着涂八头。

涂八头哭声停止了,但还在不停地吸鼻子,抹眼泪,抽噎着,有种委屈的表情。

"高娜,你看天上的云朵多好看。"田耀强动起了幻想,不由地说:"左边那朵云像一座山,右边的那朵云像一棵高高的大树,栩栩如生,真是好看。"

小朋友们一齐望向天空,欣赏着那梦幻般的美景。

"是的,"高飞接过话,并富于幻想地说,"大树下还有几个小孩在走路,他们一边走一边聊天。"

"再往右边看,如同一条急流的山川,一只小船在水面奔流不息,船的上空有几只小鸟在飞翔。"触景生情,高娜在绘声绘色地说。

"姐姐,我看到了,小船上面站着一个渔民,正在撒网捕鱼。渔民头上天空的小鸟正在拉屎,真是千载难逢的美景。"涂八头终于开心地笑了。

"涂八头——涂八头——"远处传来了涂桂的喊声。

"涂八头,你爸爸在叫你。"高飞及时反应了过来,并提醒涂八头。

"嗯———"涂八头扬起眉头，大声地回应了起来。

涂桂随着声音奔跑过来，一种莫名其妙的感情冲着涂八头，好像第一次见面似的，他一把将涂八头抱了起来，说："宝贝，吓死我了，我以为你跟他们到江边游泳去了。"

"没有，高娜姐姐叫我们不要去游泳。"涂八头声轻语实。

"不去就好，"涂桂抱着涂八头一边往回走，一边教导道，"千万不要到江边玩水，要是被水淹了，就再也见不到爸爸妈妈了。"

涂八头问得好奇，说："我到江边玩水就见不到爸爸妈妈了吗？"

"九龙江里有水鬼，水鬼会吃人，在江边玩水，要是被水鬼拖下水吃了，就见到爸爸妈妈了。"涂桂连哄带吓地说。

涂八头真的害怕地说："那下次再也不到江边玩水，听爸爸的。"

"那就对了，这才是乖孩子，乖孩子读书聪明又伶俐。"涂桂赞道。

童年人的心，永远是开朗的，无牵无挂的。涂桂抱着涂八头走远了，高飞、高娜、田耀强却还在田间小道上慢慢地走着。童心永远是快乐的，对未来茫然无知。世界却都是美好的，处处都是玩个不够，赏个不尽的美景。对一切充满好奇和幻想。他们走着走着，来到了稻田边的水沟，看见水沟里清澈的流水，他们有了幻想，在沟边的山上弄来几张稔子树叶造起水车来。他们蹲在沟边，每人拿着三张稔子树叶，每张树叶对折用草秆串稳，再用草秆把三张树叶的对折中心边串在一起，便成了水车。再找来两根有叉的小草秆插在水沟下水处两边，并叉对叉平行，把水车架上去，水车在水的冲力推动下开始转动。

"姐姐，我做的水车比你的大，转得比你的快。"高飞得意地说。

"为什么？不是一样在这条水沟里吗？一样的水流。"高娜看着高飞的水车问道。

"因为我用的树叶比你用的树叶大，树叶面积越大，叶子里流的水就越多，水的冲力就越大，水车转得就越快。"高飞脑瓜灵活，天真而又聪明。

"是这样，那我用巴掌大的树叶做水车，水车不是转得更快了？"高娜嘲笑道。

"这可不行，树叶太大，水力不够是推不动水车的。"高飞跟高娜在研讨着。

"高飞，我做的水车为什么不转？"田耀强虽然长得牛高马大，做起事来笨手笨脚的，他不得不向高飞请教。

高飞走过去看看田耀强的水车，把它拿起来，说："树叶对折不正不平整不对称，水车怎么会转呢！"

"哦，我明白了。"田耀强玩得一身泥，把水车拿了起来，重新找来树叶再做一个水车。

水是那么的甜，土是那么的香。高飞在一边看着一边指点，田耀强慢慢地折着树叶，按高飞说的标准去做了，不一会儿一个高标准的水车做成了。

"哈哈，多好看，水车转得多好看！"高娜看着自己做出来的水车"啪啪"地在转，甚是高兴。

"姐姐，你笑什么，这么八婆？"高飞随便说道，并不觉得会伤害姐姐的自尊心。

"有什么八婆，我的水车做得漂亮就笑呗，不跟你玩！"高娜生气地说，转身拔腿就走。

"姐姐，等等我，我不是故意说你的，我错了行不行？"高飞讨好着高娜。

田耀强跟在后面，唠唠叨叨地说："又不是做错了什么事，嘴巴是两块皮，说不合适又移移，再说过，不必计较。"

"强哥，你家的燕子还在吗？"高飞突然想起自家的燕子，巧妙地转了话题。

"不在了，早就飞跑了。"田耀强不愉快地说。

"我家的那只也是这样，自从桂叔砸死了一只后，留下的那一只孤兮兮的，白天守在窝旁边，晚上就不见回来，久而久之就连白天都不见回来了。今年春天，燕子又回来了，每天站在那墙钉杆上，有种哀思的表情，多可怜啊！"高飞心痛地说。

"这样的燕子值得我们留恋，燕子也是有感情的动物，要不它为什么天天守在那里。"田耀强也为小鸟的行为所感动。

"强哥，我要为我家死去的燕子建个纪念碑，寄托我的哀思。"高飞一本正经地说。

高娜"哧"地笑了，说："一只小鸟也要建立纪念碑，当作祖宗敬仰，不笑死人才怪呢！"

"笑死人才好呢，好过搞计划生育。"高飞幽默地说，"你没听大人说，做人太凄凉，下辈子变鸟变猪不变人。变猪被人宰杀，变狗得吃屎，不如变只小鸟，小鸟可以在天空自由飞翔。谁敢说来我们家的燕子不是我们家的祖宗，说不定来我们家的燕子就是我们的祖宗变的。"

高娜笑得更欢了，田耀强也跟着笑，说道："高飞，没想到你说得这些道理出来。"

"本来就是嘛，你知道你下世变什么。我想来我家的燕子一定是祖宗变的。田耀强，你不觉得你爸爸妈妈辛苦吗，我倒觉得我爸爸妈妈太辛苦了，每天起早摸黑，当牛做马，却舍不得吃好一点，舍不得买一件新衣。"高飞说着眼里闪着泪花。

高娜分明看到高飞眼睛里盈满了泪水，吃惊地问："弟弟，你怎么落泪了。"

高飞擦着泪眼说："一段往事猛烈地冲撞着我的心口。"

"什么事，让你这样伤心？"高娜糊里糊涂地问。

高飞悲悲切切地诉说着，描述着当时的情景。

好像是很小的时候，不记得什么时候高飞有了这个印象。高飞还记得很清楚，那天阴云沉沉，妈妈正在吃午饭，一群山贼闯进屋来，为首的魁伟彪悍，叫什么朱彪，面貌极其狰狞可怖，一脸凶恶之相，敲诈勒索道："邱玲，交你家的山村保护费。"

邱玲说："高强不在家，你到工地去找他吧。"

朱彪却说："高强不在家也不行，他不在家你就得交。"

邱玲说："现在哪来的钱，现在吃都没有。"

"没有也行，我跟你说句话。"朱彪说着，把邱玲叫到了一边，耍出流氓的手段，邱玲一个耳光打在朱彪的脸上。

朱彪反手一掌"啪"的一声，打回邱玲的脸上，气急败坏地说道："你要是识相，就该老老实实听从摆布，要不然不会让你好过。"

邱玲发出撕心裂肺的叫声："快来人呀，有人抢劫了。"

朱彪一拳又一拳地打在邱玲的身上，瞪眼睛，骂骂咧咧："我这个黑老大你以为是白当的，尽管喊吧，在山里我说了算，没人敢来理你。"

邱玲被打得死去活来，高飞在邱玲凄凉的惨叫声中惊醒，高飞躲到邱玲的身后，好害怕，瑟瑟发抖。

朱彪指挥那帮人，目露凶光，说："去，把她家里值钱的东西统统给我砸了，要是我不搞定她，我这个黑老大就不当了。"

那帮人真是狠毒，没有一个是好人，把屋里的东西砸得支离破碎，七零八落，有一种赶尽杀绝的感觉。邱玲声音沙哑而凄苦："你们砸了我家的东西不得好死。"

对这帮胡作非为的家伙，村里的人没有一个敢站出来阻止，邱玲受到了非人的耻辱和折磨，邱玲咬紧牙关，泪水如雨点般地落下来，越是清丽哀婉，就越带凄凉之味。难忘的一幕在高飞幼小的心灵上刻下了无法愈合的伤痕。那时高飞盼望着自己快快长大，真想长出翅膀飞出家去，学就一身本领，变成一个有功夫的人，为妈妈报仇。

山沟沟闭塞，愚昧落后，农村人大多生活在温饱线上。尽管如此，山里人还得交保护费，地痞流氓为了征服百姓，不惜手段欺侮百姓。谁不爱生我养我的母亲，高飞对于母亲的那种崇敬之情油然而生，想到邱玲的辛酸凄凉，不时伤心和难过。暗下决心长大之后要铲除这帮地头蛇。

高娜听后，也深深地为妈妈的遭遇而难过。

踏着初夏的晚风，一步一步地向家里走去，又经过山冈小路，山冈有树有竹，苍翠欲滴。高娜想起那次发洪水时父亲带他们去过的庙堂，觉得喜欢又害怕。喜欢的是庙堂里雄伟的建筑美丽漂亮，害怕的是庙堂里的佛像凶神恶煞，令人心惊肉跳。不过，她听了高飞的话就不怕了，说道："弟弟，我们去求神吧！"

"我们为什么要去求神?"高飞觉得高娜的话不可理解,便问道。

"我们可以请求财神帮助呀,让那些欺负妈妈的人,砸我们家东西的人受到惩罚,得到报应。"高娜愤愤地说。

"用不着,用不着。他们做了缺德事,上天会有报应的。"高飞倒是相信苍天是公正的。

"高娜,你发咒呀,我爸说女孩发咒最灵,我也恨那帮吸血鬼。"田耀强也恨恨地说。

"天灵灵,地灵灵,谁欺负我妈妈砸我家东西,天打雷劈不得好死。"高娜闭上双眼不停地咒骂。

田耀强在高娜念咒之时,悄悄地拖着高飞跑了,当高娜睁开双眼时,大吃一惊,"哇"地喊了起来:"强哥,你们干什么?"

只听到遥远的声音,"嘻嘻,哈哈",互相嬉戏;高娜满树林乱跑。

在丛林里,田耀强、高飞和高娜玩起了捉迷藏,时而藏到茶油树下,时而藏在荔枝树边,躲躲藏藏,藏藏躲躲,害得高娜无从寻找。

"喵——喵——"田耀强躲在树丛里喊起猫来,造个忽隐又忽现影子,不时发出一阵阵猫叫声,挺吓人的。

高娜往猫叫的茶油树方向奔去,却扑了个空,茶油树下连个影子都没有。身后又传出"喵——喵——"的声音,吓得高娜毛骨悚然。

田耀强和高飞一个前一个后,摆出迷魂阵,高娜在丛林里飘然走动,无法确定田耀强、高飞在林子里的位置,高娜吓得魂飞魄散地独自往家里跑。

"姐姐,我们在这里呢!"高飞突然喊道,嗓音清脆而甜美。

高娜回头一看,又好气,又好笑,惊叫道:"你们两个死东西,躲到哪里去了!"

风,依然轻轻地吹,树儿,依然轻轻地摇。夕阳映红漫山遍野,依山而立的九龙冲袅袅升起了炊烟。

（十一）

　　春去秋来，屋前的摇钱树渐渐地长大了，在一天一天地变化，再也用不着浇水施肥了，它能独立地生长了，不时发出"嗒嗒"的生长声。翠绿叶子，端庄典雅，颇有摇钱树的风度。嫩绿的叶子在阳光的照射下，闪闪发光，散发着淡淡的清香，多诱人啊，九龙冲又多了一棵风景树。

　　然而，树儿虽香却招惹了小孩的不是。小孩子经过树边，都要摇一摇，搜一搜，弄得树儿不得安生。凡是有孩子从它的身边走过，树儿总得三拜九叩头，不时地哀求道：小朋友，请你手下留情，别摇断我的腰。可是树儿毕竟不会说话，只是默默承受着痛苦的折磨，忍气吞声。

　　高飞却是树儿的护花使者，他每天都来看一看树儿，摸一摸树儿的身体是否受伤。一天不见树儿就有一种不安的感觉，树儿却无声胜有声，无情胜有情，一见到高飞都会点头微笑。

　　"高飞，你为什么老是绕着树转，不安心上学？"这晚高强收工回来，看见高飞又蹲在树下，有种说不出的感觉，他要问出因由。

　　"我也不知道，也许是日久生情吧，我倒觉得树儿挺感人的，我想，我对它好，有一天，树儿长大了，也会感恩于我。"高飞认为一切事物都会有感恩之情。

　　"感恩不感恩我不知道，我就知道树儿长大之后会变成参天大树，让人们在树下好纳凉倒是真的。"高强富有远见地说。

"好呀，到那时，我要它成为百鸟之家，我要天上的小鸟都来这里开会，都来这里欢歌跳舞。"高飞说话好天真。

"做梦去吧。"高强看着儿子那幼稚的脸，差点笑出声来，乐不可言。

"爸爸，你别小看我，你看到电视没有，那些宠物爱好者不是把猫呀，狗呀，牛呀，马呀弄到一起跳舞吗，而且弄得有声有色。我怎么就不能办个百鸟之家。"高飞大胆幻想着说。

"高飞，你在说什么?"田耀强来到树儿前，一手抓着树儿习惯地摇了起来，好像已经习以为常。

"哎，别摇，"高飞没有回答田耀强的话，及时制止田耀强的坏习惯。说，"强哥，你要是把树儿摇死了，我就要你赔。"

"没有那么容易死吧，树儿柔软而有弹性，死不了。"田耀强不在意地说。

"死不了，要是真的死了，你怎么办?"高飞瞪大眼睛问。

高强见高飞跟田耀强辩论了起来，不闻不问，觉得是小孩子的事，与他无关，便走进屋里去了。

"有什么要紧的，死了我就赔你，大不了再给你种上一棵树儿。"田耀强还是不在乎地说。

"你说得倒轻松，你知道树儿种了多久才长得这么高吗，种了一年八个月。"高飞沉重地说。

"一年八个月有什么久，还没有我年龄大呢，我都快九岁了。"田耀强吹了起来。

"一年八个月不算久，可是在这一年八个月里，你知道我费了多少心血和汗水吗？我和我姐姐每天都要轮流给树儿浇水拔草，刮大风时还得找来木杆子来给它固定，以防风吹断树儿，你可不能把我们的一片苦心毁于一旦。"高飞不满地说。

"强哥，强哥，"涂八头也来了，他来到田耀强的身边，一手抓着树儿又是摇。

"你真是坏习惯，不抓树儿行不行。"高飞气极了，一把将涂八头从树边拉开，说，"你们总爱抓着树儿摇，好像树儿得罪了你们似的，不顾树儿的死活。"

田耀强笑了，笑涂八头那个坏习惯，一到高飞家就去摇树。

"飞哥，别生气嘛，我不是故意的。"涂八头讨好地说，觉得对不起高飞。

"不是故意的也不行，要是树儿摇死了，你赔得起吗?"高飞吓唬道。

田耀强又笑了，笑得前仰后倒，笑得泪水都流出来了，觉得高飞的话有点太认真了。

"强哥，你别笑，我知道你家有钱，什么都不放在眼里，我家因为穷，就种一棵摇钱树，等它长大之后为我家以及九龙冲的人们造福。"高飞气愤地说。

"天底下，有这样的好事! 就一棵摇钱树，就能造福生财，这太出奇了，我才不信呢!"田耀强又哧哧地笑了。

"信不信由你，反正我是这么想的，也是这么说的，以事实为依据，等树苗长大之后，你就信了，我要制造一个神奇的故事给摇钱树。"高飞很有信心地说。

时间在一天一天地过去，田耀强每天上学的时候，都要来看一看摇钱树长大没有，尤其是高飞，每天都要用尺子量一量树儿大了多少。随着时间的推移，高飞长高了许多，树儿也长大了不少，已经超过两米高了，直径有碗儿那么大了。高飞惊奇地发现，树儿的木纹越来越大，树上的分枝越来越多，密密麻麻，枝叶茂盛，树儿真的长大了。但是，并没有像妈妈说的那样成了什么摇钱树，却成了过往路人休息的地方。田耀强、涂八头、都随着年龄的增长而增高，却并没有因为时间的流逝，而忘记摇钱树。不但没有忘记摇钱树，而且还每天坚持偷偷地来摇一摇摇钱树，看能不能摇下钱来。

有一天傍晚，高飞在全神贯注地做作业的时候，突然听到窗外摇钱树发出"沙沙"的声音。无风不起浪，树摇必有因哪! 高飞抬头从窗口望出去，却发现田耀强正在摇树。他气极了，本想大喊一声，强哥，你要干什么，话到嘴边又收了回去，继续低头做作业，当作没有看见。

晚上吃饭的时候，高飞跟邱玲说："妈妈，傍晚的时候，我看见强哥来摇我们家的摇钱树。"

邱玲嘻嘻一笑，跟高飞说了一句悄悄话，高飞听后也跟着笑了，竖起拇指赞道："妈妈，你真聪明！"

"聪明在于勤奋，多读点书，人就变得聪明了。"邱玲自豪地说。

第二天傍晚，田耀强又来了，他偷偷地看看四周，看见高飞正在他家屋里的窗前书桌下聚精会神地学习，又摇起摇钱树来。轻轻地摇，觉得树木没有摇动，又加大力度，双手使劲地摇。

"摇啊摇，摇啊摇！"田耀强一边摇一边悄悄地喊了起来。

奇迹发生了，摇钱树上"哐哐"的几声，掉下一堆硬币来，田耀强捡起来一看，有一角的、五角的、一元的硬币，当然，田耀强并不在乎钱的多少，他只感到奇怪，好不高兴。暗自说道："我第一个拿到摇钱树的钱，是我的福气！"

人心不足蛇吞象。田耀强不满足于现状，他认为得到摇钱树的硬币越多，福气越大。转念一想，他听过发达山的传说，在九龙冲流传着这样的一个故事。从前，有一个农夫上山打柴，因为天气太热，加上砍柴砍得身疲力乏，口又干嘴又渴，便找个阴凉的地方歇歇脚，找点泉水解渴。农夫找到一个岩洞，深长的岩洞处处怪石峥嵘，风景幽美，凉气扑人。岩洞上倒吊石柱滴水如注，泉水"叮当，叮当"一滴一滴地往下流，地面还有一条小小的水沟。农夫便坐了下来，拿出饭盅打泉水喝，一口泉水下肚，心舒喉爽。忍不住叫一声："多凉的泉水啊！"随意四处张望，岩洞里的岩石奇形怪状，小水沟里的水喝了清润解渴。看着看着，奇迹般地发现，岩洞头顶上面有两个筷子大石孔在掉米，几粒几粒地往下掉。再往地上看，地板上有一小堆的米，农夫便走过去，脱掉衣服把米包起来，头顶上的小孔还在不停地掉下米来。农夫觉得奇怪，石孔怎么会掉米呢，他左思右想，农夫明白了，是上帝可怜他这个砍柴佬，神奇般地给他赐福。从此，农夫每年农历二月十九都要到这岩洞来拜神，烧烧香，石孔里每天流的米勉强够农夫一家人吃粥充饥。久而久之，农夫的孩子不断地长大，岩洞石孔流的米已不够农夫一家人充饥了，农夫思来想去，不如把岩洞石孔挖大一点流多些米，让一家人吃得饱一些。农夫没想到却适得其反，用小树枝剔剔岩洞上流米的小石孔，小石孔再也不流米了。从此，发达山岩洞流米的故事便成了神话般的传说，田耀强在这个故事中得到了启发，人不能太贪心。

次日下午的傍晚，田耀强又来到了摇钱树下，他摇树时，树上没有掉下硬币来，却掉下一根棍子重重地打在他的头上，头部嗡嗡作响，痛得田耀强龇牙咧嘴。田耀强反复地思索，摇钱树怎么不掉硬币了呢，怎么掉木棍了呢？是不是有人预先一步摇树把硬币捡走了呢。田耀强深思熟虑，打算守株待兔观察观察，没想到被他猜中了。再一个下午的傍晚，涂八头抢先一步来到摇钱树下，把摇钱树摇了，把硬币捡走。涂八头离开摇钱树走出不远，田耀强横冲出来把涂八头拦腰抱住。

"谁呀，你要干什么？"涂八头吼道。

"你把摇钱树摇下来的硬币给我就没事，否则，我会告诉高飞让你不好受。"田耀强威胁着说。

涂八头回头看看是田耀强，便理论起来，说："我就不给，硬币又不是你摇下的。"

"是我先发现摇钱树掉硬币的。"田耀强强词夺理。

涂八头的嘴也不服输，语气强硬，说："是我先发现的，我捡硬币时，你根本就不知道。"

"是我先发现的，我捡硬币时你才不知道呢。"田耀强混淆是非，颠倒黑白。

"是我先发现的。"涂八头还是坚定地说。

田耀强和涂八头争吵了起来，而且田耀强仗势欺人，动手动脚，企图用武力解决问题。

"你们要干什么，是不是要打架？"涂桂不知从哪里冒了出来，大吼一声。

涂八头"哇"的一声哭了，娇声地说："强哥要打我。"

"强哥为什么要打你?"涂桂问个中情由，声调里充满着同情和慈爱。

涂八头前前后后地把摇钱树的经过说了一遍，并把事情的真相摆了出来，让涂桂辨个明白。

涂桂眼里露出贪婪的亮光，惊奇地问，"有这么回事?"

"唔!"涂八头点了点头，证实事情不会假。

见钱眼开的涂桂悄声地问："田耀强，是不是摇钱树会掉硬币?"

"是，不过，是我先发现的，"田耀强生怕涂桂要独吞，先言明他的立场。

涂桂乐开了怀，精神振奋了起来，眼里发出狡黠的目光，诡秘地一笑，道："田耀强，关于摇钱树掉硬币的事，你跟谁都不要说，我们二一添作五，也就是说你去摇五晚摇钱树，涂八头摇五晚摇钱树，轮流地摇，周而复始地轮，千万不要告诉别人，尤其是高飞，他要是知道了，谁也不得摇了。田耀强，你说好不好?"

"好!"田耀强点点头表示同意，脸上流露出快乐的表情。

涂桂欣喜若狂，狗改不了吃屎，贪婪是涂桂的本性。他儿子涂八头在五天内的时间里公开半公开地去摇摇钱树。过了五天之后，不动声色，偷偷摸摸地去摇摇钱树，而且比田耀强去得早，免得被田耀强撞见不好交代，他认为做的手脚很干净。弄得田耀强一次硬币也没有得到，田耀强气了，索性享乐其成，等他该摇的五天的最后一天的傍晚，他跟踪起涂八头，当涂八头鬼鬼祟祟地去摇摇钱树时，他一手抓住涂八头的手，眼里充满着愤恨和敌意，小声说："你把这几天摇得的硬币老老实实地给我，要不我就要喊了。"

涂八头也小声说："这几天摇得的硬币不在我这里，在我爸爸那里。"

"那好，你带我回去找你爸爸把硬币还给我，不然有你好看的，让你吃不了兜着走。"田耀强气势汹汹地说。

涂八头只好同意带田耀强回去，正好涂桂在家里炒菜煮饭，涂八头开口就说:"爸爸,强哥要我把这几天摇到的硬币给他。"

"不可能,"涂桂说起硬话来,并说,"要钱你不会自己去摇呀,摇到的钱给你。"

"你说话算不算数?"田耀强软硬兼施。

"我怎么不算数,是你自己不去摇,你不去还不许涂八头去摇啦?岂有此理。"涂桂高声压人,倒打一耙。

"不是我不去摇,是你叫涂八头抢先去摇。若要人不知,除非己莫为,我做梦强过你看把戏。"田耀强吹嘘道。

"去,去,去,别在这里碍手碍脚的,我要做饭。"涂桂发出逐客令,企图蒙混过关。

田耀强带着无限的怨恨走了,就在他离开涂家不久,麻烦来了,高飞找上门来了,进门见人就问:"涂八头,涂八头,听说你去摇我家的摇钱树是吗?"

"没有呀,没有呀,你听谁说的,没有那回事。"涂八头一口否认。

"没有?你敢不承认,那就对天发誓,我看你有没有?"高飞吓唬道。

"不,不,不,"涂桂从屋里走出来,笑容可掬地说,"飞哥,不要这样嘛,就看我跟你爸称兄道弟的分上网开一面嘛,我叫涂八头下次不去摇就是了,你何必认真!"

高飞佯装不在乎的样子,笑道:"桂叔,总得留几分面给你,听你的。看在你跟我爸相认兄弟的分上,算啦。"

"那倒是,那倒是,这才够兄弟。我和你爸是兄弟,你和涂八头也就是兄弟了!"涂桂拉拢地说。

高飞拍拍涂八头的肩膀,说:"兄弟,我不是责怪你,我就担心你把我家的摇钱树摇死了,所以来通知一声。"

"知道,知道,下不为例。飞哥多谢你的关照。"涂八头也会说上两句令人心动的话来。

高飞生来聪明伶俐,打了声招呼匆忙离去。涂桂压在心里的一块石头落了地,父子俩高兴得得意忘形,自以为聪明,实际上却一发不可收拾。

涂八头和田耀强摇树的事也算是同行冤家吧，田耀强发现涂桂父子俩不讲信用后，就充满了仇视。一不做二不休，他不相信会输给涂桂父子俩，于是继续接着去摇摇钱树，并且要比涂八头去得早，他的思路与涂八头一致，都提前一个小时去摇摇钱树，而且各人的家人涂桂、周瑛都在不远的地方望风，以便见机行事。涂八头和田耀强同时抓住摇钱树，使劲地摇，摇钱树"噼里啪啦"掉下一片硬币来。涂八头和田耀强顾不得争吵了，赶紧抢捡硬币。在远处观察的涂桂、周瑛见此情景，不约而同地冲过来，他们相视一笑，都捡起硬币来，周瑛捡硬币一是为了钱，二是图个吉利，因为摇钱树有种神灵感。

"你们都在抢什么呀？"高强从田间回来看见他们七手八脚的，像鸡啄米似的猛抢猛捡，便问道。

周瑛、涂桂、田耀强、涂八头他们也许是做贼心虚，都愣了一下。但很快又恢复心态，他们之间相望了一下，默不作声，继续捡硬币。当高强走近的时候，他们已经把硬币捡完了。

高强再次问道："你们在捡什么呀？"

周瑛、涂桂、田耀强、涂八头都异口同声地说："捡石头呀！"

"这些石头哪里没有，为什么要来我家这摇钱树下捡石头？"高强感到好笑，不相信地问。

"不，你家摇钱树下的石头有种清新的气味，把石头捡到家里放到床头上，人闻到气味会百病消除，并起到催眠的作用，家盛兴旺。"周瑛说起假话来。

"你是怎么知道这摇钱树下有神奇的石头，我住在这里怎么不知道？"高强疑惑不解。

"嗨，是土地公托梦给我，前几天九叔婆患病卧床不起，我把这事告诉了涂桂，涂桂捡了几粒石子放在九淑婆的床头，九叔婆的病一夜之间就好了。"周瑛编着说。

"是，是这样。"涂桂帮衬着说。

两人一唱一和，显得十分默契。

　　高强再也忍不住了，走回房间里拿出个蛇皮袋也要捡石头。当高强从屋里拿出蛇皮袋来时，周瑛、涂桂、涂八头和田耀强都走了，他来到摇钱树下一粒石子一粒石子地捡。

　　高飞看见了问道："爸爸，你捡石头干什么？"

　　"刚才周瑛说，我们家的摇钱树下的石头有种特殊的气味，要是闻到了，能够百病消除……"高强的话刚说了一半，就被高飞打断了。

　　高飞骤然一笑，说："呸，都是骗人的，他们上了我们的当，你又上他的当。"

　　"为什么？"高强一时傻了眼。

　　高飞眼里放射着神秘的目光，微微一笑，说："爸爸，天机不可泄露。"

　　微风轻轻地吹，清爽自然宜人，摇钱树发出"沙沙"的乐曲声。

（十二）

黎明的曙光射进了教室，给同学们增添了不少温暖和舒适，琅琅的读书声犹如成群结队的小鸟在歌唱。

高飞和其他同学一样上完早读课后，休息了一会儿，又端端正正地坐在教室里等待老师来上课。

"起立！"身为班长的田耀强突然喊道。

同学们迅速地站了起来，并同时声音响亮地喊道："老师好！"

作为班主任的浩亮大步流星地走上讲台，回应道："同学们好！"

"坐下。"田耀强当即喊道。

同学们"啪"地坐了下来，所有的眼睛都注视着浩亮，瞅向黑板。

教室里静得出奇，没有人吭一声，连一根针掉在地上也能听得清楚，学生们从小就养成了严肃、紧张、活泼的良好习惯。

"现在开始点名，喊到的同学请答'到'！并把右手举起来。"洁亮向同学们说明点名的规矩后，喊道，"田耀强。"

"到！"田耀强应得震山响。

"高飞。"

"到！"

"涂八头。"

"到！"

"高娜。"

"到!"

浩亮一个个地点下去，同学们一个个地应着，直到点完三十多个同学为止，没有一个不到的。

涂八头就是爱东张西望思想开小差，校园里驶进一辆摩托车，他也要伸长脖子看上半天，不看够不罢休。

同一书桌的高飞用手捅了捅涂八头，小声说："涂八头，不要看窗外，听老师讲课。"

涂八头人在教室，心在窗外，老师讲了什么并不知道，转过头来望着高飞大声地应道："哦，你说什么?"

"叫你不要看窗外，上课要专心听讲，三心二意是读不好书的。"高飞又补充了一句。

"不许交头接耳。"浩亮批评起高飞来，说，"如果不想听书，请出去，不要影响其他同学听课。"

高飞委屈地低下了头，却引起了同学们的七言八语，一个接着一个投来鄙视的目光，高飞心里感到很不好受。

浩亮没有教学经验，一时错怪了高飞，教室里一时间闹喳喳的，一触即发，好像都是高飞的错，高飞有点不服气，"你们不要看着我好不好，又不是我的错。"

"不是你的错，难道是我的错。"浩亮又质问了一句。

高飞猛地一推涂八头，说："都是你，要不是你，同学们不会责怪我，老师也不会批评我。"

涂八头"呜呜"地哭了起来，而且越哭声音越大，把整个教室都惊动了，全班同学都被镇住了。

浩亮冷静地问："高飞，你说说为什么是涂八头引起的?"

"他——"高飞欲言又止，看见涂八头哭得如此凄惨不敢说了，反而来个高姿态，说，"是我错了，请同学们原谅，以后我不会再犯了。"

浩亮表扬道："这就对了，要勇于承认自己的错误，这才是好学生。"

涂八头勇敢地站了起来，泪水未干，抽噎道："老师，是我的错，不是高飞的错。"

全班同学都大吃一惊，浩亮更是不敢相信自己的耳朵，问："涂八头，你说什么？"

刚坐下的涂八头又想站起来，高飞把他扯住了，并站起来说："涂八头在胡说八道。"

"高飞，你说什么？涂八头在胡说八道，我怎么越听越糊涂了？"浩亮严肃地问。

"真的，老师！涂八头在胡言乱语，是我……"高飞认真地说。

涂八头又站了起来，勇敢地说："老师，我没有胡言乱语，是我看见一辆摩托车开进校园，我就把注意力放到窗外了，这就是我的错。"

浩亮质问道："涂八头，是不是你见高飞得了表扬，你也想要表扬？"

"不是，老师。我不是想要表扬，本来事实就是那样嘛！"涂八头勇敢地承认错误。

浩亮却说："涂八头，想要表扬是一件好事。但是，那要看是什么样的表扬，犯错误而承认的表扬你也来争，这个我不提倡。"

"老师，事实本来就摆在那里嘛，你也是看见的，而且为了给我面子而不批评我，反而装没看见，这样反而害了我，助长了我的坏习惯，我也不喜欢老师这样对我。"涂八头分辩着说。

"胡闹，我怎么会装没看见呢，一只苍蝇从我眼前飞过是公是母我都分得清楚。"浩亮吹嘘着说。

这时正好一只苍蝇在浩亮眼前飞来飞去，田耀强眼明嘴快，不尊敬地问道："老师，你眼前飞着的苍蝇是公还是母？"

高娜发出珠玉般的笑声。

浩亮睁大眼睛仔细地看，同学们像一只只贪婪地伸长脖子的小鸟，望着鸟妈妈嘴里衔着的那诱人的食物一样看着。苍蝇转眼飞走了，"嗡嗡"地向同学们中飞去，浩亮幽默地说："同学们，谁看到那只苍蝇是公是母告诉我。"

田耀强仰起头看看，说，"报告老师，那只苍蝇是公的，因为我看见它有一个鸡鸡。"

同学们"哄"地笑了，震惊窗外，校园里坐摩托车进来的那个人不时探过头来望了望。

浩亮脸色恢复了严肃，说，"好啦，大家不要说笑了，继续上课。"

"报告！"涂八头站了起来，等待着老师发话。

浩亮抬起眼皮看看涂八头，问，"你又怎么啦。涂八头，真是服了你！"

"我要上厕所。"涂八头大声地说，而且左顾右盼，看看是否有同学转头看他，顾虑重重。

浩亮挥挥手说："去去，去，你就是屎尿多。"

涂八头冲出了教室，向厕所奔去，看样子他真的急了，准是吃坏肚子，跑得那么匆匆忙忙。

教室里终于肃静了下来，同学们所有的眼睛都集中在浩亮的脸上，等待他继续讲课。

浩亮抬手看看表，说："同学们，现在自由背诵乘法口诀表，要是谁先背出了谁就先放学回家。"

同学们纷纷背诵了起来，琅琅的读书声在教室里沸腾了。

"一一得一，一二得二，一三得三……"

"二二得四，二三得六，二四得八，二五一十……"

教室窗户外的龙眼树上有两只小鸟也"叽叽喳喳"地叫，飞来飞去，跳上跳下，在打闹，小鸟发出"叽叽喳喳"的声音，吸引着坐在教室窗边同学们的目光。

坐在教室窗边的田耀强再也忍耐不住了，不住地小声喊："啵，啵啵！"

小鸟依然在龙眼树上跳来跳去，跳上跳下，"叽叽喳喳"叫得好不开心，让人不得安宁。

"报告！"田耀强大声喊，把手举了起来。

浩亮的目光迅速在教室里扫了一圈，最后停在田耀强的脸上，问道：

"田耀强，什么事?"

田耀强毫不隐瞒地说:"窗外龙眼树上有两只小鸟在跳来跳去，叽叽喳喳地叫，好烦人，我要出去把它赶跑。"

"去去，去!"浩亮又是挥挥手，让田耀强出去。

田耀强走出教室，找了两块石头向龙眼树奔去，眼里发出一股仇恨的目光。

龙眼树上的小鸟欢天喜地，在树杈之间时而向上，时而向下。田耀强把小石头投上去，小鸟好像有意和田耀强过不去似的，偏不跑，而且叫得更厉害，简直不把田耀强放在眼里。

田耀强生气极了，一边捡石头一边喊，"啵，啵啵!"

浩亮是个代课老师，虽然有一肚子文化，但专业不对口，又没有教学经验，他带起学生来很吃力，同学们一而再、再而三地出难题，他就是不懂得事态的发展，任由其泛滥下去。

终于出问题了，田耀强捡起石头，"嗖"的一声，仍向龙眼树，仍向树上的石头撞到树干反弹飞向教室的窗口，正好打在大名鼎鼎的黑老大朱彪儿子朱胜的头上，朱胜"啊"地喊了一声，不等同学们反应过来，他连向老师喊报告都不喊，就冲出教室向田耀强奔去。田耀强见势不妙拔腿就跑，田耀强哪里跑得过朱胜呢，朱胜长得像他父亲，比其他同学高大，他三脚并作两脚就追上了田耀强。田耀强赶紧求饶，说:"胜哥，对不起我错了，放过我吧!"

朱胜二话不说，就是一脚踢在田耀强的肚子上，两人厮打了起来，大动干戈。

"快，快去拉架，田耀强和朱胜打架了。"高飞一声喊。

浩亮当老师以来，同学们从未发生过打架的事件，突如其来的学生打架事件，让他不知所措。同学们陆陆续续奔出教室，来到田耀强和朱胜打架的地方围了一圈。

浩亮一边把田耀强拉开一边吼:"都是你惹的祸，要不是你歪门邪道那么多，朱胜怎么会打你。"

田耀强挑衅道："他敢打我，我就敢跟他比试比试，绝不手软，谁赢谁输还不一定呢。"

朱胜威风凛凛地说："你再过来试试？我不收拾你，不是朱家人的后代。"

"你过来试试，我就不怕你高大，你以为你父亲是黑老大，我就怕你，告诉你——没门！"田耀强骨子里就是不服输。

朱胜气得火冒三丈，冲过去又要打田耀强，好在浩亮和同学们都在阻拦，这架没有打成。

浩亮虽然不懂教学，为了山里的孩子，他有一颗比黄金更值钱、比珍珠更可贵的心，他毅然弃商从教，滋润着山里的孩子。没想到都是一帮泼皮的孩子，他的心没少愁。

"田耀强，你就听我两句好不好，我的面子你们都不给，我就不管你们了。"浩亮忍气吞声地说。

田耀强和朱胜的心这才软了下来，跟着浩亮和同学们一步一步地向教室走去，田耀强和朱胜和好如初。

"爸爸，我的肚子好痛。"浩亮的儿子浩聪说道。

浩聪是跳级的，他和浩亮一样聪明，加上浩亮放学后多加辅导，他就比其他同学聪明了。浩亮听到儿子说肚子痛，不放心，弯下腰去摸摸浩聪的肚子，关切地问："是不是昨天晚上，你妈妈给了你凉东西吃，吃坏了肚子？"

"昨天晚上妈妈给我吃了一只冰淇淋，又吃了几个果冻。"浩聪言来语去地说。

"就是嘛，我就知道你妈妈给你凉东西吃，把肚子吃坏了，以后不许再吃凉东西。"浩亮轻声细气地说，"快放学了，忍一忍吧！"

"不，爸爸，我的肚子真的好痛，痛得难以忍受，我要去看医生。"浩聪扭扭捏捏地说。

浩亮沉思了一下，转过头来说："田耀强你陪浩聪去找露医生看病，有什么事你告诉我。"

田耀强"嗯嗯"地应道，他求之不得，他最害怕上课了，马上转身拉着浩聪走出了教室。

"慢!"浩亮把田耀强喊住，随口说道，"叫高飞一起去，我才放心，不然要是出什么意外，你自己处理不了。"

"好好!"田耀强只管答应，高飞一起去最好不过了，免得麻烦。自己又省了一份心。

一行三人远远地离开教室，浩聪并没有去看病，而是向厕所走去。学校厕所在离校门外200米的山腰里。奇怪的是浩聪进厕所出来后，肚子就不痛了。说道："强哥，飞哥，不用去看医生了，我的肚子不痛了。"

田耀强真是一场欢喜一场空，想离开学校去玩一会儿都不行。他计上心来，道："高飞，浩聪，我们去玩老虎机吧，老虎机又能赚钱又快乐，一举两得。"

"要是我爸爸知道了怎么办，他不把我的腿打断才怪呢。"浩聪害怕地说。

"怕什么，飞哥在这里，到时你爸爸问你看病没有，就说飞哥可以做证。"田耀强跟着母亲周瑛学到了许多骗人的办法。

浩聪转头看看高飞，问道："飞哥行不?"

高飞不敢得罪田耀强，田耀强跟他母亲一样，一不如意仇恨终身。高飞只好同意说："行，就一次，下不为例。"

三人向小商店走去，小商店里只有两台老虎机，田耀强玩一台，浩聪玩一台，高飞只管观看。在三个孩子中，高飞家是最穷的，他没有零花钱玩。老虎机实际是赌博机，田耀强用10元钱买了铜板，投进老虎机不断地赢，翻了几番，就赚80多元，而浩聪不到几回合，看病的钱就被老虎机吃了。

高飞、田耀强、浩聪走出小商店都不敢回教室了，在校门口磨磨蹭蹭的，生怕浩亮问来问去，不好交差。

"老师，我看见高飞、田耀强和你家浩聪在校园外玩。"涂八头提醒浩亮。

正在全神贯注听课的学生一齐望向窗外校园的大门口，高飞、田耀强、浩聪几个都贴在学校大门内的墙角里，一动也不动。

浩亮往校门外左右看看，没有发现高飞、田耀强、浩聪他们，却虚张声势大声喊，"高飞、田耀强、浩聪，我看见你们了，快回来，不要跟我捉迷藏了。"

高飞、田耀强、浩聪一齐从校门墙角里站了出来，慢慢地向教室走来，低着头不敢直视浩亮。

高飞、田耀强、浩聪没有想到，浩亮连问都不问浩聪去看病的情况，就这么着了。他们三个端端正正地坐在自己的座位上，装作若无其事的样子翻开课本，背诵九九表。

"好啦，同学们都停下来，不用背了，我给大家讲讲历史。"浩亮环视了一周教室，看看学生有没有没听到的。

教室里又是一片寂静，同学们的眼睛都集中在浩亮的脸上。浩亮清清嗓子，开始晓之以理、动之以情讲起历史故事，他举起例子来，"中国上下五千年，从有年月日、时钟开始，人类发现了一年四季，春夏秋冬、一天二十四个小时，一年又分二十四个节气，十二个月，三百六十五日。可是从有钱以来，又有谁知道，哪个朝代哪个人最有钱，没有，显然没有，只有历代文人，如李白、苏东坡、郑板桥等一大批文人流芳百世。为什么历代有钱人不能流芳百世呢，因为他们不能给人类造福、创造财富。在历代的民众心目中，就是落后就要挨打。我们的国家经过了鸦片战争、八国联军侵华战争、抗日战争的洗礼，从此，激起了同胞的爱国热情，一大批科学家从海外回国，为祖国建设添砖加瓦。所以，建设我们国家需要科学知识，有了科学知识才能开发我们的智力。就像开发商开发土地不断地扩大。人要成就一门事业，就必须不断地学习，不断地巩固新知识，用勤奋和智慧去开发我们的潜力，创造我们的人生。我不妨试问一下同学们，我们在学习中，是先理解再朗诵，还是先朗诵再理解呢？"

虽然浩亮说的算不上什么历史，但同学们听得很专心，大多数学生说："先理解再朗诵。"

高飞却说："先朗诵熟了再理解。"

"对了，高飞说得对，先朗诵熟了再理解，这样领会课文，比较深刻。"浩亮赞扬道。

"报告！"涂八头举起手来，他要向老师提问问题。

"涂八头，请讲。"浩亮热情地说，让同学们养成大胆地发挥自己的智慧作用。

"请问老师，我们学习课文，朗诵熟了的目的是为了什么呢?"涂八头提了一个尖锐的问题。

"这个问题提得好，这就是我要讲的下一个问题，但是我还是想问问同学们，有谁能够解答这个问题?"浩亮说完，巡视了一周所有的同学。

同学们你看看我，我看看你，谁也不敢举起手来。

浩亮正想说话，前排右角边的同学举起手来，语细嘴轻地喊道，"报告！"

同学的眼光投向前排右角的书桌上，浩亮的目光也被吸引了过去，他万没想到是自己的宝贝。

"浩聪，你说！"浩亮发出鼓励的声音，放射出耀眼的光彩。

"朗诵课文可以增加记忆力，提高对课文的理解能力。如果课文朗诵不熟，只能是一知半解，达不到理解的目的……"浩聪一口气说出许多课文需要背诵的道理。

"对，说得好，朗诵课文熟练的目的，就是提高记忆力，提高头脑的潜力作用。重复朗诵，读得多了，本来难以理解的内容也会迎刃而解，就达到了理解的目的，认真领会的目的。

天气好，人的心情也好。满面春风的同学们，心情是那么舒畅，教室里迎来了新气象。

（十三）

天空很蓝，几朵棉花云被太阳照得雪白，空气清新，是农民外出劳作的好时光，是游人欣赏美景的好时机。

高飞跟着邱玲来到了田野，田野是一块一块梯田式的山冲。高飞家的稻田在发达山山冲的中段，山冲两边是发达山的崇山峻岭，茂密的树林。

金色的田野稻浪翻滚，稻穗滔滔，歌唱着丰收的喜悦，同时给人们一个纯真的笑脸。

高飞第一次跟邱玲到田野来学收割稻子，他毕竟是个小学生，收割稻子也得教，邱玲手把手地教。

邱玲说："高飞呀，收割稻子不能急，心急吃不了热豆腐。右手拿镰刀，左手抓稻苗，一棵一棵地收割，左手抓满了禾苗就放在地上，接着再割。而且要小心，不要割稻子割到手指了，初学割稻子的人常常割到手指。"

高飞拿起镰刀学着邱玲收割稻子的动作，一个一个要领去学。邱玲一边讲一边做示范动作，可是邱玲不是老师，不会做慢动作，她手快眼快，看得高飞眼花缭乱。高飞赶快说，"妈妈，你慢一点行不行，我一点都看不清楚，怎么割？"

邱玲笑笑，说："妈妈已经习惯了，慢不了。你自己学着慢慢割吧，割到一扎就放一扎在地上，放整齐一点，不要乱七八糟的。割稻子就像学写字一样，一笔一笔地学，割稻子也得一棵一棵地割。"

"好，我自己学。"高飞胆大心细地割起稻子来，虽然慢了点，但收割后的稻子放得还算整整齐齐。

"呱，呱呱！"头顶飞过一群乌鸦。人们常说，天下乌鸦一般黑，看来也不尽然，今天就有一只杂种，有白的羽毛。有人说，乌鸦也能变凤凰，也有可能。高飞的脑子不停地转动，思想就是不集中。

山中小鸟大小不一，小的如叶子，大的如公鸡，大约有180多种鸟类在发达山的丛林里生活。人们在田野收割稻子，它就在树林里放声歌唱，甚是热闹，倒也有一番乐趣。

童年时代就是爱玩，高飞割了不到半个小时的稻子，就闹着要去捡鸟蛋，幸好他父亲高强来得及时，把他拦住了，问："高飞，你要到哪里去？"

"我去捡鸟蛋，中午加菜。"高飞欣然地答道，以为父亲同情他。

谁知高强吼道："稻子你都不收割，你去捡什么鸟蛋，你吃不吃米？"

高飞故意逗高强，非常认真地说："我不吃米。"

邱玲"哧"地笑了，没想到儿子反应得这么快，打心里感到高兴，她看着高强不语。

"笑什么笑，看来这孩子都被你宠坏了，他要去捡鸟蛋你就让他去捡鸟蛋，成何体统。"高强生气地唠叨道。

"我怎么宠他啦，你不如孩子理智，倒埋怨起我来。"邱玲数落着说。

"别说了，别说了好不好，等会儿又要吵架了。"高娜在一旁劝道。

都是乌鸦，人们说乌鸦的嘴不吉利，它要是一喊，准会倒霉，刚才头顶上飞过一群乌鸦在呱呱乱喊，不倒霉才怪呢，高飞想到这里拿起镰刀，重重地叹了一口气。

天，说变就变，东边响起了雷鸣般的声音，看来又要下雨了。当农民的最担心一到夏收季节就是连日下雨，连阴大雨下个不停，稻子要是被洪水一浸，一春的辛苦就白费了。发芽的发芽，发酵的发酵。

高强不得不催促全家人，说："快点割稻子，要是连续下几天雨又要喝西北风了。"

没有见过世面的高飞说道："我们九龙冲山高地皮厚，别说下几天雨，就是下个半年几个月，也不会淹到九龙冲。"

"你懂个屁，你吃过多少盐了，你都不知道洪水一发，九龙冲也会变成一条大河，几天几夜水都消不下去。"高强责备起来也是和声细气的，说着往年洪水种种，历年发洪水的景象历历在目。

1978年那年也是夏收季节，连日下着暴雨，洪水不断地暴涨，狂奔乱涌，低凹的农户都往山的高处搬。在发达山的山顶向四面往下看水势，就像海洋一般，发达山便成了一个小岛，各种各样的木筏穿梭来往探听情况，了解民生。等洪水消退后，九龙冲的稻田便埋了一层厚厚的沙土。

人以食为天，稻子还是要收割，村民们含着泪水把发芽的稻子收回来，经过加工晒干的稻子碾出来的都是发酵米。那时国家还号召农民交爱国粮，村民把发芽的稻子送到国家粮库，粮库工作人员却喜笑颜开，笑纳了。

高飞吃惊地说，"真有那回事？我一点都不信。"

"高飞，你什么都不信，信你现实的双眼，什么都要你见过你才信。但世上有多少你见过的东西，人家说老虎会吃人，你也不信啦，因为你没有见过。"高强怪笑着说。

高飞竟一时无话可回。天，乌云密集，一阵山风吹过来，他却说："多好的天气呀，凉快而清爽，正好是收割稻子的好日子。"

"是收割稻子的好日子，可收割到的稻子能搬回去吗？"高强没好气地说。

高飞拍拍胸脯，大声说："爸爸，我敢担保没有大雨下，就是下大雨，也不会下到我们家这块稻田里来。"

邱玲看着儿子幼稚的脸，心里有种说不出的高兴，笑笑问："高飞，你凭什么感觉，要是下大雨也不会下到我们家这块稻田里来？"

"无可奉告！"高飞笑眯眯的，幽默地说。

"飞弟，你别吹，不用你讲我也看得出，天上的云转向了，向北面飞去了。"高娜打破砂锅讲到底。

高飞也笑了，笑得是那么好看，白皙的脸像小女孩一样，露出两个小酒窝，说："姐姐，什么事都骗不过你。"

"姐姐比你聪明，知道不?"高强过于宠爱女儿，赞扬道。

说来也真奇怪，眼看一场暴雨就要倾盆而下，却是东边太阳西边雨，大雨无情天有情。眨眼之间就过去了，天一下子变得晴朗无云，太阳明晃晃的，令人昏昏欲睡。

幼小的高飞，进行繁重的体力劳动时，在体力上还是吃不消。那些数不清的稻子毛毛刺弄得满身都是，又痒又痛。他为了逃避收割稻子，故意找理由，像下级请示上级似的，说道："爸爸，我要大便。"

"去去，去。我就知道你偷懒，催屎催尿的。"高强唠叨了一句。

高飞飞快地向山上奔去，一下子跑得无踪无影，无声无息，隐没在发达山的丛林里，山上传来的只有小鸟的欢快的叫声。

高娜有意见了，努努嘴说："弟弟偷懒，我也要休息一下。"

过于偏爱女儿的高强，哪里舍得累坏女儿呢，说道："去吧，去休息一下再回来收割稻子。"

"嗯!"高娜应了一声，也向山上跑去，这下可苦了高强两口子，真是可怜天下父母心。

宁可苦了父母，不可苦了孩子。其实为人父母并不觉得累。为了孩子，再苦再累也是觉得甜。高强和邱玲都没有怨言，默默奉献着。他们那种善良的天性，熏陶得九龙冲的山山水水无比壮观和美丽。

"嗨，高强，要是儿女大了，哪个会更有出息一点呢?"邱玲悄悄说起儿女的闲话来。

"还用说，肯定是高娜，高娜又聪明又勤快，又不偷奸卖懒。"高强一口就断定子女的未来。

"我看不一定，你别看高飞鬼头鬼脑，他脑子里有好多计谋哩，说不定被人赏识呢!"邱玲不敢一棍打死人，她比高强有远见。

"一肚子坏水，我看是吃死米坐沉船的料，一事无成的天才处处皆是。"高强冷冷地说。

"看你说的，我看你是门缝里瞧人把人看扁了，我觉得高飞高娜姐弟俩都不错，各有所长，各有所短。"邱玲不满意地说。

"嗨，你说浩亮这小子是怎么回事，好好的老板不做，来当个代课老师，况且不是县城在山沟里，他图个啥？"高强不解地问。

"没有一点市场意识做生意是很累的。也许他觉得太累了吧，放弃经商，投身从教。不过，这也是一项很好的事业，说不定将来培养出许多栋梁材，到桃李遍天下的时候，他就是德高望重，到处被人敬受人迎的人哩！"邱玲淡淡地说着。

"他又不是师范学院毕业的，专业不对口，他会教书吗？"高强心存怀疑地说。

"嗨，这个你就更不用说了，你没听高娜讲，浩亮讲课感情非常投入，朗读水平又高，念到动情之处，你说生动不生动，声泪俱下，听者无不动容，把全班同学都念哭了。"邱玲绘声绘色，听着比浩亮上课还要生动。

高强无话可说了，叹道："要是我是大学毕业，我也会当个代课老师，让人羡慕让人尊敬。"

"叹什么叹。人，有志不在年高，只要你勤奋好学，有志者事竟成。"邱玲鼓励着说。

快到中午了，高娜、高飞都回到田野上来了，目的是一致的，都想快点回家吃中午饭。特别是高飞，刚回到田野就感到肠胃空空，唉声叹气地说："妈妈，我的肚子好饿哟！"

"饿了，你回去煮中午饭吧，蒸个鸡蛋，炒个芥菜。"邱玲吩咐着说。

"我不会炒芥菜，芥菜怎么个炒法？"高飞不高兴地问。

山村人有着高声大吼叫的坏习惯，山外人听不惯还以为是吵架。高强大声说："你只会吃不会做。记住，生葱熟蒜烂芥菜，也就是说生葱在做配料时，等菜熟了加上葱花就会香味喷喷，蒜一定要煮熟才好吃，芥菜一定要煮熬烂才有味，而且要放点生姜，盐在芥菜煮熟之后放，这样煮出来的芥菜越吃越好吃。"

穷人的孩子早当家，农村人大部分是穷人，所以大部分农村的孩子都会做家务，农村的孩子大部分能够吃苦耐劳，有礼貌，讲道德。

高飞高声应道："好的，爸爸！我记住了，我一定让你们吃个饭热菜香，包你满意。"

邱玲有点不放心，一一嘱咐，说，"千万不要在路上玩，我们回去吃了饭，还得回来收割稻子。"

"知道了。"高飞飞快地离开田野，跑上山冈。然后在山间小路上一步一步地迈着步子，回家的路他已经走得很熟很熟，熟悉得什么地方有树木，什么地方有大石头，什么地方有个坑都记得清清楚楚。

走着，走着，不远处的天空飘着一只风筝，高飞停下脚步观看。风筝时高时低，时远时近，飘然而下，飘然而起，好看极了。

看着，看着，高飞竟忘记饥饿，被风筝吸引住了，不由自主地向风筝飘着的方向奔去。将要接近风筝时，发现放风筝的竟是田耀强。高飞兴致勃勃地说，"强哥，给我玩一下行吗？"

"不行，你想放风筝，就叫爸爸去买一个给你，这个是我爸爸买给我的。"田耀强不情愿地说。

"强哥，我就玩一下，玩一下我就回家煮中午饭了，你就给我玩一下吧，我不会忘记你对我的好的！"高飞花言巧语讨好田耀强。

"好吧，就给你放一下，放一下你可得还给我。"好说歹说，田耀强终于让高飞抓到了风筝的线。

"好的，我若食言，天打五雷轰。"高飞应着拉着风筝跑呀跑呀，越跑越快，越跑越远，慢慢地和田耀强拉远了距离。

田耀强不得不高声喊道："高飞，不要跑得太远，我跟不上。"

高飞不理会田耀强的喊声，我行我素，他知道一停下来，田耀强就会夺回风筝，再也不会把风筝交给他放。

可是，时间总不会因为高飞放风筝而暂停，时间总会过去。来也匆匆，去也匆匆。当高飞放风筝的时候，时间悄悄地过去了。

"高飞，你再不停下来，下次我真的不给你放了。"田耀强心口怒火在燃烧。

"哦，我再放一下，我就把风筝拉回去给你。"高飞油腔滑调地说，拉着风筝往回走，却走得很慢，故意拖延时间。

突然，高飞的脑海里闪耀着邱玲、高强的面孔。高强怒骂的声音在耳边响起，你再放，我就打断你的腿。想到这里，高飞不得不把风筝拉回去交给田耀强。

田耀强气极了，接过风筝，顺手一拳打向高飞，打得高飞人仰马翻，高飞不断求饶，双手合十，说："强哥，对不起，对不起！"

天上的太阳已挂头顶，时代不同了，农民中午也有作息时间。村民陆陆续续往家里赶，一是吃中午饭，二是睡午觉。

高飞知道父母就要收拾割过的稻子回家吃中午饭了，可他还在路上，他心急如焚，飞也似的往家里跑。路上遇上涂八头、浩聪，还有周亚霏、朱胜，他都不敢搭理。有人问他，他也不应，只顾跑，跑得上气不接下气。

家终于到了，回到家的时候已经十一点钟了，高飞汗淋淋的，直喘气，他从口袋里掏出一把钥匙，打开房门。走进厨房洗米下锅，手脚麻利地干着。再洗煮菜的锅头，又从碗柜拿来一个小盆打几个鸡蛋放进去，用筷子拌匀，放上点盐油，再放进蒸锅里，锅里加一定的水，盖上盖开始蒸鸡蛋。

接着，又拿过菜篮里的芥菜，一张一张地放进洗手盆里洗，洗好芥菜之后，又放到菜板上去切碎。切好芥菜之后坐一会儿。待鸡蛋蒸熟后取出来，又开始炒芥菜，按照高强的吩咐一步步去完成。

"唔，好香呀！"高强一进家门就闻到香喷喷的味儿，让人垂涎欲滴。

"爸爸，我说嘛，让你吃个饭热菜香，不错吧！"高飞只觉得一股喜悦从心中升起，得意扬扬地吹嘘道。

高强脸上露出古怪的笑，说："你这不是饭香，而是饭嗅，嗅气满天飞。"

"不可能，我明明看到高压锅顶喷出来的水干了就停火的，怎么会把饭烧煳?"高飞颇有经验地说。

"不信，你打开锅盖看看。"高强还坚持着自己的鼻子嗅觉，脸上现出看不懂观不清的表情。

高飞信以为真，打开高压锅的锅盖，把头伸进锅里细看。一股香喷喷的饭味透了出来，饭软米白，好漂亮的一锅饭。高飞高兴地笑道："爸爸，你骗我。"

这时正好有一股焦味吹过来，正被高强嗅到，高强露出真诚的表情，说，"我没有骗你，真的嗅到一股焦味，你不信你自己吸吸鼻子嗅嗅。"

高飞吸吸鼻子，果然嗅到一股焦味，但他打开自家饭锅的锅盖，锅里的饭热气沸腾，不相信地说："这焦味不是我们家里的饭发出来的，是邻居家里飘来的焦味，不知谁家的饭烧煳了。"

"哎哟，管它是谁家吹来的，肚子饿穿肠了，吃饭吧!"邱玲不耐烦地说。

高飞又是端锅，又是端菜，忙里忙外，小孩嘛，总得勤奋一点，从小养成爱动手的习惯。

一切就绪，高飞依然忙他火灶上的活儿，把煮过菜的锅头洗干净，又把锅灶洗一洗，抹一抹。然后回到餐厅坐到桌边来吃饭。

正吃着饭，邱玲开始唠叨了起来，说："吃饭之后，休息一个小时就出发去收割稻子，不得偷懒，拖来拖去，这稻子什么时候能割完。我们山里又来不了收割机，只好用人力了。"

高娜把邱玲的话当耳边风，充耳不闻，脸上露出不悦之色。一边吃一边发牢骚，努着嘴说："芥菜淡淡的，一点味道都没有，又是夹生饭，这鸡蛋也没蒸熟。"

"熟了，怎么没熟，嫌来嫌去。"高飞自尊心很强，不许高娜说他的不是，要强地说。

"熟了，我不吃你的，你自己吃。"高娜把筷子一放，不吃饭了，嘟着嘴。

"高娜，谁惹你啦，不熟，就吃少一点嘛，怎么能不吃饭呢，动不动就意气用事。"邱玲用责备的语气说。

"我饱了，你们吃吧，小心闹肚子！"高娜嘴挺硬地说。

高强眼神一变，训斥道："高飞，你怎么能这样，姐姐说鸡蛋没有熟，你还不接受，生鸡蛋吃进肚子会中毒的。"

说时迟，那时快。高强话音刚落，高飞面色发白，"哇"，接着一阵呕吐，胃酸阵阵上涌，觉得身体不舒服，竟如此的难受。

气氛顿时紧张了起来，一家人都放下筷子，七手八脚乱成一团，好在高飞进食鸡蛋不多，缓口气就好了。

（十四）

天气风平浪静，九龙冲的摇钱树却风声四起，真是奇怪，天为还是人为不得所知。

"玲姐，听说你家的摇钱树能摇下硬币来，是真还是假?"周爱莲不明不白地问。

"没有呀，你听谁说的?"邱玲佯装惊奇地问。

"我外甥田耀强说的呀，他说的话还会有假，你是不知道吧!"周爱莲肯定地说。

"你外生田耀强知道我家的摇钱树能摇下硬币来，他做梦吧!"邱玲怀疑地问。

"这……"周爱莲也说不清楚。

"哈，哈哈，九龙冲有名堂，苍天什么都不显，显个摇钱树掉硬币来。"周瑛从远处走过来，意气风发地说。

"你听你听，我大姐也是这样说的，不会错了吧!"周爱莲在澄清是非以正视听。

邱玲故作惊讶地说："你们从哪里传得这个谣言来，这些风言风语不可信。"

"不是谣言，这是事实，我家涂八头也是这样说的，我这么大岁数了，从未听说过摇钱树能摇下硬币来。"九叔婆额上堆满了层层叠叠的皱纹，面颊干瘪，拿着拐杖也来探个虚实。

"看来我得承认事实了，不妨去摇摇看，眼见方为实，耳听半句真。"邱玲说着付之一笑。

"对对，还是玲姐说得有道理，我们不妨试试。"周爱莲说着向摇钱树走去，九叔婆、周瑛跟随而上，邱玲在一旁看得发笑。

摇钱树已经有三米多高，比碗口还要粗，周爱莲根本摇不动，回头望望九叔婆、周瑛。

"你这个笨蛋，你能摇动摇钱树？来，我们一起摇。"周瑛说着放手过去和周爱莲抓住摇钱树一起摇，用尽吃奶力气，终于把摇钱树摇得微微一动。

"哐当"一声，摇钱树上掉下一块硬币来，周爱莲高兴得不得了，说道，"真有这么回事！"

周瑛更是喜出望外，一是图个快乐，二是贪钱。说，"小姨再来，用劲。"

然而，尽管周瑛和周海莲怎么摇，摇钱树再也没硬币掉下来。邱玲在一边站着，笑眯眯的不说话。

"谁叫你们摇我家的摇钱树，树是我种的，谁也不得摇。要是摇死了，你们谁也赔不起。"高飞气势汹汹地说。

"哎哟，喊得挺凶的，哟，高飞——"周爱莲长长地吁了一声，笑着说，"是你妈同意的呀，我们才摇呢。"

高飞把脸转向邱玲，说："妈妈，你怎么能让别人摇我们家的摇钱树呢？"

"一次就一次，没有下一次了，好不好？"邱玲甜甜地哄道。

"一次，还有下一次。"高飞用手指地面，"你看这地板都被她们摇裂了，这摇钱树地板有灵气，富有灵气的宝地。这么一摇，灵气都被摇跑了，特别是女人，不能摇这摇钱树。"高飞古怪地说道。

几个女人相互对望了一下，还是周瑛不服地骂道："你这个兔崽子敢说我们几个女人的坏话，没有你妈有你吗?"

"你们不信再去摇看看，还有硬币掉下来吗，永远没有了!"高飞竟肯定地说。

"去，再去摇一次摇钱树，说不定还能掉个硬币下来。"周瑛和周爱莲同时抓住摇钱树拼命摇，摇得满头大汗，口干舌燥，怎么也摇不下硬币来。

"妈妈，这摇钱树上午不能摇，下午三点钟以后才能摇，才有硬币掉下来。"田耀强终于来了，他提醒了周瑛。

"哦，是这样! 那么我们下午三点钟再来摇。"周瑛说着领着周爱莲、田耀强回去了，九叔婆也随之回去了。

高飞却大声说，"你们下午不能来摇摇钱树，你们就是来摇也摇不下硬币来了，因为摇钱树的灵气已被你们摇跑了。我担心摇钱树被你们摇死。"

周瑛和周爱莲一走，邱玲和高飞商量，突发奇想，决定再制造一个精彩的故事，神乎其神，让九龙冲的人觉得摇钱树是一棵古怪的神树，神圣不可侵犯。

"妈妈，你说制造一出戏，怎么才能让村里人信以为真?"高飞左思右想问。

"这还不好说，下午强哥和他妈妈来了，我们就当没看见，千万要保守秘密，切勿把这妙计泄露。随他们摇，当他们摇啊摇，怎么也摇不下硬币来时，而村中观看的人来多了，我们再……"邱玲说到这里不说了。

"我们再猛然一击，让他们措手不及。"高飞已经老大不小了，也会开动起脑筋来，接过邱玲的话来，母子俩会心地笑了。

下午三点，周瑛和田耀强母子俩还是来了，摇钱树也许传得神奇，一传十，十传百，这事竟不胫而走，传到很远的地方去了。三村六垌的男女老幼都来看热闹，风风火火地赶来了，村上陆续来了许多人看周瑛和田耀强母子俩来摇摇钱树，周瑛和田耀强母子俩根本不把高飞和邱玲放在眼里，连问都不问邱玲和高飞准不准摇那摇钱树，认为自家田运来有几个钱而盛气凌人，也不顾摇钱树的死活，就摇起摇钱树来，拼命地摇，摇得摇钱树"哗哗"作响，突然摇钱树发出一声"啪"的声音，使人眼花缭乱。

涂八头大声地喊道："摇钱树断了。"

所有观看摇摇钱树的人都被吓蒙了，信以为真。周瑛和田耀强只好停下来，周爱莲也没看声音是从哪里发出来，听到风就是雨，一时蒙了，心痛地走过来，说，"你们怎么不小心把摇钱树摇断了呢，要是玲姐一家人回来了，怎么跟人家说好！"

气氛顿时紧张了起来，围观者里三层外三层，众人你望我，我望你，叽叽喳喳议论开来，不知如何是好。都担心出大事，担心邱玲一家人回来会闹个天翻地覆。

九叔婆倒好像觉得不够乱，她走到摇钱树下痛哭流泪，嘴里念个不停，念经拜佛似的，"摇钱树啊摇钱树，我昨晚梦见你是神树，为民造福，清霸除害。田家的人不是故意伤害你的，你就放他们一马吧！"

高飞和邱玲回来了，高飞一身泥巴和满身臭汗，显然是刚从田野里回来的。

"怎么回事，怎么回事？"高飞见到九叔婆在摇钱树下啼哭，又见众人在窃窃私语，预感到了什么，急急问道。

涂八头讨好地说："飞哥，强哥和他妈妈摇断了摇钱树。"

"哦——"高飞装成大吃一惊的样子，许久说不出话来。

农村人就喜欢来这一套，动不动就发咒。邱玲听说摇钱树断了，连摇钱树都不看一眼，"哇"的一声哭了起来，蹲在摇钱树下，一边哭一边闹，咒骂道："啊，天有眼啊，地有眼啊，谁摇断了摇钱树不得好死啊！"

高飞见母亲哭得如此伤心，只好说："强哥，你说怎么办吧，刚才你都听见九叔婆说了，摇钱树是神树，就算我放过你，神都不会放过你。"

田耀强觉得这话更玄了，回头看看母亲周瑛，又回过头来问，"飞弟，你要怎么办？"

"好了，好了，摇钱树恢复原形了，真怪！"涂八头又喊了起来。

众人一齐望向摇钱树，欢呼不已，都觉得摇钱树神奇，高深莫测，好像从来没断过，难以置信。

"强哥，我也不要你赔，摇钱树既然已经复原了，大家也都知道摇钱树是神树了，看来是神仙显灵了，说好就好。"高飞没等田耀强回答，就大声地说，"各位兄弟叔伯哥哥嫂嫂姐妹们，你们都知道摇钱树是神树了吧？"

"知道了！"在场的村民异口同声，声音洪亮，响彻云霄。

人数虽少，气氛却十分紧张。人言可畏，周瑛赶紧拖着田耀强跪在摇钱树下装模作样求饶地说："摇钱树啊摇钱树，我们不是故意损害你的，你可不要为难我们一家人啊！"

高飞在一边说道："强哥，周妈，我没有别的要求，我作为摇钱树的保护人，只有一个小小的要求，你们能不能做到我不知道，如果不能做到，摇钱树会显灵的。"

"什么事，你说。"周瑛和田耀强都赶紧追问道。

"第一，你们母子俩有空来给摇钱树浇浇水拔拔草，第二，逢年过节都要给摇钱树上香烧纸，这两条可以做到吧？"高飞故意给田耀强出难题，要不平时太霸王了。

"做得到，做得到。"田耀强和周瑛像犯人一样低着头，满口答应。

"做得到就好，摇钱树是我栽的，我会帮你求情的。"高飞说着也装模作样地跪下来，双手合十，勾着头说："摇钱树显显灵，摇钱树显显灵，放过强哥母子俩，他们不是故意的。"

众人看着摇钱树，摇钱树发出"沙沙"声，给人一种无言回答的感觉，一切似乎都领会了。

人头攒动，局势动乱。村民们见状，都纷纷跪在摇钱树下，低头默哀了起来。

偏僻的九龙冲，村民大多愚昧落后，只相信神鬼，不相信社会科学，这才受到一知半解的邱玲母子俩的愚弄。

"好啦，大家可以回去啦。从此以后，我们九龙冲就有了依靠，有什么大灾小难可以来拜拜摇钱树，也许会保佑平安。"高飞在母亲的指使下，说出了许多本来不会说的话。

其实，高飞母子俩并不想愚弄九龙冲村民，他们母子俩之所以这样做，目的是保护摇钱树，如果不想出这个办法，九龙冲的大人小孩路过时都来摇一摇摇钱树，这样摇钱树的末日很快就要到了。想出这样的一个法，全村人都有保护摇钱树的义务。一来得到九龙冲村民的拥护，二来保护了摇钱树，岂不是两全其美。

村民陆续回去了，一部分村民依依不舍的样子，一步一回头。特别是顽固不化的田耀强总有点不服的样子，心里似乎很不高兴，心里在想，这哪里来的神鬼，可是硬币又是从哪里来的呢，他百思不解。

初生牛犊不怕虎。浩聪受到父亲的熏陶，不相信世上有神鬼，听田耀强说九龙冲有一棵摇钱树，而且神乎其神。每天读书一放晚学就来观看，有时还出手去摇一摇（当然没向以前那样能摇下硬币来了）。

天，还是那个天，地，还是那个地，景色依旧。浩聪并不觉得九龙冲的摇钱树有什么神奇，与其他平常的树没什么两样。所以转天下午，浩聪放学后跟着田耀强又来到九龙冲的摇钱树下，自得地对小朋友们说："强哥，飞哥，我并不觉得这摇钱树有什么神奇，不信我摇给你们看看。"

"好呀，你摇摇看，我们就不信你的头是罗汉铸的。"田耀强高兴极了，最好浩聪破了这个谜。

"浩聪，不要摇摇钱树。"高飞着急地喊道。

"我不怕，我摇。"浩聪大声地说，胆大包天，两手放在摇钱树上使劲地摇，一边摇一边说，"你们看没事吧，你们看没事吧。"

涂八头咯咯地笑，说："浩聪，你是神童，头是罗汉铸的，罗汉保护你，跟摇钱树有缘，你怎么摇都可以。"

浩聪更放肆了，连看都不看摇钱树，两手拼命地摇，只听"啪"的一声，一块石头不歪不偏正好砸在浩聪的头上，浩聪顿时头破血流，血流如注。脸部、耳朵都是血，浩聪哭声阵阵。

涂八头神色紧张地叫道："不好啦，浩聪被摇钱树砸破头啦！"

喊声很快传遍了整个小山村，呼啦啦一堆人就围了上来，有的人叽里咕噜说起闲话来，有的在喁喁私语，有的在高谈阔论。

这可如何是好，周瑛担心浩亮责怪，毕竟浩聪是她的外甥，见此情景，她急了，一边给浩聪包扎一边说："耀强，你是怎么搞的，你这个表兄是怎么当的，带浩聪来摇摇钱树，摇钱树可是神树摇不得，你不知道吗？"

田耀强幼小的心灵无法承受这么多的闲言碎语，委屈地说，"我说了，可是他不听，以为他是大神呢！"

浩聪被砸伤之后，摇钱树从此声名大噪，加上人们加油添醋地传播，摇钱树一下子真的神了。

九龙冲的人并不知道浩聪被砸伤头是怎么回事，高飞也没想到事情会闹得这么大。只有邱玲心知肚明，她知道之后已经无法挽回了。她只好假惺惺地说："往后呀，你们谁也不要随便摇摇钱树了，摇钱树可是得罪不得的，要是出了大问题谁来负责呢！"

村民们议论纷纷，人心惶惶。都说要为摇钱树修心积德，让摇钱树造福人类。

田运来听说外甥浩聪被摇钱树砸破头，在百忙之中抽出时间来看个究竟。面对人们的说三道四，沸沸扬扬的吵闹声，他也不能昧着良心过日子，他是个经济能人，作为九龙冲的致富带头人，总得想出个妥善办法来，硬要插手此事，要为九龙冲人做主。他来到一看，摇钱树下挤满了人，他说："为了保险起见，我建议这摇钱树非得派人守候不可，免得往后再有人被砸伤，或者是惹来更大的麻烦。"

万没想到，田运来的提议立即得到村民们的赞成，高强第一个发表意见，说："我同意田老板的意见。"

"我同意！"涂桂也接着举手表态。

村民们接二连三纷纷举手表示同意，只有周瑛反对，说，"我不同意，请人守候摇钱树，这工钱谁来出？"

"集资呀，按人口收钱。"涂桂当即说道。

周瑛也就没有言语了，她也觉得只有派人守着摇钱树，村民们才会平安。

高飞虽然是个小学生，脑子倒是挺精灵的，说："这个也同意，那个也同意，可是谁来守呢？"

这话一出口倒引起了大家的议论，到底谁最合适守候摇钱树呢，谁心里都没有底。

"叫我奶奶来守，不过可得要工钱啊。"只想着钱的涂八头竟这样说。

"工钱不是问题，可是你奶奶太老了。"田运来一句就否定了。

"小孩子不懂事，我认为还是玲姐来守比较好，在她家门口她不守谁来守？"涂桂说道

"我看都不行，摇钱树是神树，这是四里八村的事，周围的人都有份，守摇钱树应该是个男的。"方丽梅来到现场也跟着起哄。

"对，方媒婆说得对，摇钱树不单单是我们九龙冲人的事，应该是四里八乡的人都有份，往后摇钱树要收什么神公米神公钱呀，还得四里八乡的人赞助，大家说是不是？"田运来大声地问众人。

"是！"村民们在齐声喝彩，声音震荡在村庄的上空。

"就是嘛，方丽梅、胡作梅都来了，这就是我们九龙冲人的福气。以后的后生仔要娶媳妇找老婆，还得巴望她们呢。真是天有眼，地有眼，摇钱树显灵，才会招得这么多人相助。"高强发表意见说："我看这看守摇钱树的事就在这四里八乡去找好了。"

众人情绪一下子激昂起来，意见不一。这四里八乡有好多的人，可是想找个守摇钱树的人就难了，难免有闲言碎语。再说守摇钱树必须是个男的，而要是寡公佬，也就是说请香公，每天都要给摇钱树上香烧纸什么的，有家庭的人负担重，做不了这份工作。寡妇呢，人常说，寡妇门前是非多，会招惹是非，损害摇钱树的声誉。大家七嘴八舌，吵吵嚷嚷，纷纷议论，无休无止。

"我来介绍一个好不好？"胡作梅也说话了，媒婆总是你唱我和的。

"你介绍谁呀，不会又是个靓仔吧！"涂桂开玩笑地说。

"当然是个靓仔。"胡作梅一半说笑一半认真，"反正没有结过婚。"

"哦，我知道了，你要介绍你家王老五。"方丽梅敏感地说。

"是呀，就是我家王老五，方大姐你说对了，难道我家王老五结过婚了？没有，上下几个村的人都知道我家王老五是寡公佬，从来没有结过婚。"胡作梅再次陈述。

"好啦，胡作梅你介绍一下你家王老五的简历吧。"田运来有意识地说。

胡作梅清清嗓子，大声说："我家王老五，今年57岁，初中毕业，能吃苦耐劳，在城里做过几十年苦力，办事公道，工作热情，有独立工作的能力。"

"王老五，有文化，寡公佬一个，无牵无挂，办事公道，工作热情。审议通过，这个守摇钱树的人就是王老五了，大家同意不同意？"田运来再次征求村民的意见。

"同意！"村民齐声回应，声音更加响亮。

"一致通过，摇钱树的守树人为王老五。"田运来宣布了提名结果。

"摇钱树有人守啰！"说完，高飞高兴得不得了，几乎要跳了起来。

村民俯首听命，九龙冲又恢复了宁静。傍晚时分，家家都飘溢出香喷喷的气味，好一个安居乐业的小山村。

（十五）

　　山村的早晨一片灰白，像披上一层薄雾，有种清新芬芳的香气。就地理位置而言，九龙冲的后面是一片山峰，一峰高于一峰，左右是连绵起伏的山脉，峰峰相连，雄伟壮观。显出卧虎藏龙之势，好一个风水宝地。村前一块块稻田构成的三弯四曲的田野，因而得名南蛇弯曲九龙冲。

　　生在九龙冲的人都有一种自豪感，九龙冲的孩子就是傲气。九龙冲的老人小孩，每天一大清早就喜欢到发达山去放牛，充分接受阳光和清新空气的滋润。发达山山脚下有一片绿草如茵的草坪，草坪上自然生长了一些杂花杂草，朵朵花儿，片片青草挂着晶莹的露珠，空气中飘着青草味道的香气。

　　蝉噪林愈静，鸟鸣山更幽。高飞坐在草坪上，嘴里咬着半根草茎，自由地呼吸清新的空气。眼睛一边不时地看着在草坪吃草的老黄牛，一边欣赏日出。

　　草坪对于牧牛来说，就好像是一块风水宝地，具有极大的吸引力。老黄牛不时地呼唤着同伴，发出"哞哞"的声音。

　　"飞哥，你家的牛没有我家的强壮，你家的牛瘦得不像样了。"涂八头就爱直来直去地说。

　　"什么？"高飞正想答话，对面山上传来了田耀强优美的歌声。

"我是一只山珊鸟，不怕风吹不怕雨。有人问我哪山有鸟，我自豪地说，山最高，路最弯，树最多的九龙冲!"田耀强不知什么时候编了一首山歌，唱得还挺好听的。

高飞也跟着唱起自己自编的山歌来，"爸爸是一弯曲，爱在风雨中量度风雨的角度。爸爸是一头牛，让我们兄弟姐妹牵着打转。爸爸是一棵树，总爱把汗水变成果实，可辛勤却让自己长出了皱纹。爸爸是一只小鸟，背着我们在蓝天飞翔，风吹雨打不迷失方向。"

"吠，吠吠。"涂八头对山歌一点也不感兴趣，眺望着晴空下青翠的山野，在明媚阳光下美艳迷人的山花。

"强哥，我这边的稔子黑而又光滑，甜而润喉，要不要过来摘?"高飞唱完山歌，看看山坡上的稔子，大声喊道。

山坡上遍地稔丛，丛丛枝头挂满稔子果，好大好大一个。有爆熟的，黑黑的;有半生半熟，红红的;有刚成果的，青青的。

"不要，我这边也有，而且我这边的稔子比你那边的肥大呢!"田耀强也大声地回应着。

这喊声可吸引了涂八头，他清清嗓子说:"飞哥，我到强哥那边去摘稔子，你帮我放一下大黑牛。"

"你别上强哥的当了，山稔子哪里都一样，山山相连，峰峰相通，会长得两样稔子出来?"高飞大声说道。

涂八头竟无话可回，支支吾吾地说:"飞哥，还是你说得对，我才不会上强哥的当呢。"

发达山的山风和山鸡在啼叫。绵绵群峰如万顷海浪迎面扑来，太阳从峰顶露出了笑脸，露珠挂在草茎上闪闪发光。山间大地宽阔而美丽，光怪陆离，鸟语花香，江山如画，有一种神秘的色彩，其味无穷。

高飞顺势躺在草坪上，闭目养神。不时地在草坪上打滚，又不时地睁着双眼看看老黄牛。

有人上山打柴了，王老五光着膀挑着畚箕一步一步向山上走来，王老五长得黄皮消瘦，脊骨有点驼，脸上爬满了皱纹，穿着破破烂烂、补丁又补丁的工作服，看上去约五十六七岁，从外观看，真像是高明的雕刻名师刀下的一尊铁树根雕。他见山上有孩子放牛，便大声问："喂，小朋友，见哪里有树根挖？"

少见多怪的高飞并不知道山里有一部分人平常用苦力挣钱挖柴卖，好奇地问："你要那柴火干什么？"

"嗨，你们小朋友就是不知道农民的辛苦，等你长大之后就知道了。一不外出打工，二不经商，哪来的一分钱，当然是挖柴卖啦。"王老五细声慢气地说。

"我是见有几个树根，都是好大的一个。我要是告诉你，你给我多少钱一个？"高飞讨起价来。

"嗨，你这孩子真是的，和我讨价还价，太缺德了吧，我挖柴卖也得掏钱，简直是笑话。"王老五和高飞说起理来。

"问题是柴火是我发现的，你不给点儿钱我就不告诉你，你也挖不到那柴火呀。"高飞威胁道。

"你不告诉我，我也能找到，只不过是迟一点发现罢了。"王老五不愿花钱买树根的信息。

"我已经用棉草盖起来了，周围还有密密麻麻的小灌木，你是找不到的，除非你一脚一脚地踩一遍这发达山，否则，你是不会找到的。"高飞很有把握地说。

"我过的桥比你走的路还要多，你别以为我找不到树根，这点常识都没有，还挖什么树根！"王老五说完哈哈大笑，"小朋友，你就别太过分了，终有一天你会像我这样上山挖柴卖的，到时候你就知道辛苦了。"

"什么，你说我会上山挖柴卖？你这个老东西，告诉你我这一辈子也不会挖柴卖。"高飞被激怒了。

这年头的年轻人大多缺乏道德教育，不尊老爱幼，而且欺老吼弱。

"小朋友，别吹了，我们山里人就是靠山吃山，靠水吃水。你跟我没有什么两样，我们是一样的，你不过有一副年轻的外表罢了。我年轻的时候和你现在一个样，前程似锦，有一颗雄心壮志，长大之后要干一番大事业。我也有骨气，也不想给父母丢脸。父母视我为掌上明珠，也相信我会有出息的。可没有想到，人生道路坎坷不平，曲折而荆棘，让人寸步难行。年轻人最大的缺点，就是怕苦怕累，怕读书；光想，没有行动。等到想读书时，已经迟了，回不去了。王老五说话时，显露出满脸的愁容。

"你的命运很差吗？"高飞不相信地问。

"说来你也不信，我当年比你现在要阔气多了，今天不照样沦落到挖柴卖的地步。"王老五说着，深深地叹了一口气。

高飞兴趣来了，拉着涂八头的手，飞快地向王老五走去，说："你能把你的身世说给我们听听吗？"

"当然可以啦，有什么值得隐瞒的。"王老五回答道。放下锄头，坐在锄头柄上。

高飞、涂八头在王老五的身边一边一个坐下了，望着美如图画的山峰和树林，侧耳细听。

"你说吧，我们听着呢。"高飞急不可待地说。

老头叫王老五，九寨沟人，他一五一十地把自己的身世说了出来。

王老五炫耀着他的童年，家，是王老五童年的王国。小时候王老五家有辆上海凤凰单车，有台蝴蝶牌缝纫机，有台录音机，还有台收音机，在那时候，王老五家在九寨沟算是有钱人家。

高飞吃惊地问："你家是九寨沟的？"

"是的。"

王老五小时候，他父亲是九寨沟的村长，那时候的村长就和现在的村委主任一样。他父亲在九寨沟很有威信，要吃有吃，要喝有喝，当然做儿子的也跟着沾光了。

"你小孩子一个能沾什么光？"高飞在想。

那时候，王老五父亲很宠爱王老五，走村进户都用那辆凤凰单车载着王老五去串村，在村民面前吹王老五聪明什么的，村民也顺势给王老五一番赞扬。王老五虽小，但王老五听得出村民在褒奖他。那时候的村民要比现在的村民老实得多，简直不敢说半句假话。

高飞和涂八头相视一笑。

话又说回来，那时候没有一个人敢说王老五长大后会是一个挖柴佬，连王老五自己也不信他会是一个挖柴人。王老五小的时候要什么有什么，什么玩具飞机，玩具汽车，玩具坦克，只要商店里有卖，王老五都会有。

涂八头突然插嘴说："不会吧，看你其貌不扬的，怎么会有这么多玩具！"

王老五口齿不清地嚷了起来，说："让我说完了你再插嘴好不好。"

"好好，你说你说，"高飞赶紧劝那王老五，并瞪了涂八头一眼。

在王老五小的时候王老五家的条件非常好，一日三餐，早上不是面包，就是面条。中午和晚上不是焖排骨，就是熬骨头汤，鸡汤。王老五那时的生活和现在的生活，真是没法比，王老五越想越觉得委屈。

"你家哪来这么多钱，吃得这么好？"高飞有点不明不白地问。

王老五少年时，父亲是村长！有权使得鬼推磨，无权使得磨推鬼。哪有生活不好的，一个山村有几个村长？

高飞终于明白了，村干部都可以吃拿卡要，有权就有一切。

王老五有父亲当靠山，王老五从小就学会了盛气凌人。

小孩吵架，大人遭殃，有一回，王老五和一名同龄小孩上山找鸟窝捡鸟蛋。这小孩叫大年，年龄大王老五两岁，长得老实巴交，呆呆板板的面孔。因为大年的长相，王老五最爱欺负他。王老五和他在山上找鸟窝捡鸟蛋时，一棵一棵松树地找鸟窝，找呀找呀，谁也没有找到，好不容易大年找到一个鸟巢，他大声地喊道，我找到一个鸟巢了。王老五闻声走过去，大年正在往树上爬，王老五不动声色，用力猛地一拖大年的脚，大年摔了下来，还被石头刮破了眼角。王老五只是嘻嘻一笑，不当一回事，而且露出不可一世的傲气。

大年傻傻地看着王老五，似哭非哭的样子，也许石头砸得他很痛，但他不敢对王老五怎样，低着头走了。

又有一回，在去学校的路上，王老五拿着一根打狗棍一边走路一边钉钉点点路上的地扳。大年走到王老五前面，他一步一步地向学校走去。在他稍不注意时，王老五猛地把打狗棍拦在他的脚下，大年栽了个跟斗，哎哟地喊了一声，大年爬起来望望王老五，似哭非哭的样子。同在去学校路上的小孩围了过来，看大年的反应。大多数的小朋友都希望大年打一顿王老五，因为大多小朋友都被王老五欺负过了，一双双眼睛都在期待着大年能打王老五，充满着火药味。王老五知道，只要大年一出手，其他孩子会合伙打自己，可谁也没想到大年一声不吭地向学校去了。

再有一回，就是玩踢山羊游戏。一群孩子在寨子的大院里，无所事事玩踢山羊的游戏，玩踢山羊游戏的规则是先抽签，用草茎折成一段段为签，长短不一，抽到最短签的孩子，便像狗一样趴在地上用脚去勾或碰撞其他孩子的脚，要是哪个孩子的脚被勾到或是被踢到，他就得接替趴在地上的孩子继续踢，原先趴在地上的孩子便可以站起来与同群孩子一样解放出来，迅速跑开，避免被接替的孩子踢中。当然踢山羊有一个范围，画一个圈，跑出圈外的算犯规，就得趴地去接替趴地的孩子。孩子们都怕踢中自己，在圈里跑来跑去，玩得很开心。大年也许跑累了，自己宣告休息一下，坐在圈外边，其他孩子继续玩。跑呀跑呀，孩子们嘻嘻哈哈玩个不够，笑个不停。王老五不知为什么捡起一块石头重重地打在大年的头上，大年半晌说不出话来，谁也不知道发生了什么事。

大年终于哭了，泪水如雨点般地落下来，可他同样不敢打王老五骂王老五，敢怒不敢言。

高飞暗自骂道，这个王老五外表憨厚，内心却阴险毒辣，真是人心难测啊！

石头撞多了也会发火。人就是这样，你帮他，他就帮你；你整他，他就整你；仇人往往是从整人开始的。当王老五得意忘形的时候，事情发生了。

一天下午放学回家的路上，一群孩子到黄泥塘里去游泳，打水仗，比水性，鸭子戏水一般。把身体漂浮在水面上，脸向水底，看谁漂浮的时间长，有耐性。当王老五把身体漂浮在水面脸向下时，猛地觉得有人用手紧紧地压住他的头，不让他抬起头来，接着不断有人对他拳打脚踢。

压在王老五头上的手死死地压着，让王老五透不过气来。塘水不断地往王老五肚子里灌。好在王老五父亲从塘坝上走过来看见了，大吼一声，你们要干什么，想整死人呀。

孩子们飞快地跑了。王老五父亲来到王老五跟前，王老五又哭又闹，王老五父亲还不断地骂他，以后不许到黄泥塘来游泳。这次要不是我来得及时，恐怕你就要变水鬼了。

大年，大年，王老五不住地说。王老五的心里，脑海里只有大年整他，报复他，好像大年是王老五的仇人的样子，其实王老五并不知道压他头的人是谁。

可是，那天晚上大年父亲连夜被警察带走了。

以权压人始终是不得人心的，九寨沟的大人小孩不是瞪眼睛就是吐唾沫。从九寨沟的大人、孩子的口中得知，王老五是那么不讨人喜欢。王老五的自尊心受到了大大的打击，开始情绪低落，在学习上有心无神，经常和同学打架闹事。王老五父亲见王老五学习成绩上不去，经常训斥王老五，你这么懒散，长大后不是偷鸡摸狗，就是挖柴卖的料，不会有出息的。

王老五父亲这一骂倒骂醒了王老五，像护士给病人注射药物一样，一针见效。王老五开始发奋学习，决不让父亲看扁，下了决心长大后一定要干出一番轰轰烈烈的事业来。

世事难料，岂料天不从人愿，也许上天有意折磨人。人，总有个三灾八难，不幸的事时有发生。当王老五在学习成绩不断上升的时候，王老五父亲让车撞了，头部烂了一个大窟窿，没送到医院就死了。王老五刚上初中第一学期，正当韶华时光，他父亲就去世了，这使王老五深陷于痛苦绝望之中。

王老五家没有了他父亲的收入，家道日渐贫寒。母亲渐已年迈，所挣的钱有限，家境实在困难。别说一日三餐有肉，就是一日三餐粥也吃不饱。王老五初中还未毕业，母亲就劝他不要读书了，因为还有个弟弟在读小学。孤儿寡母的母亲负担不起两个孩子的学费，王老五哭着不愿放弃学业，母亲也哭了。母亲说，我也舍不得你放弃学业，因为家穷没有一个人支撑，孩子，你就忍忍吧，妈没法呀。王老五只好说，妈，我不读书了，在家自学，我相信总会有出头之日的。那时的王老五还是一个天真的孩子。

年轻人有太多的梦。说得轻巧，谈何容易。一个初中未毕业的孩子自学成才就是难。尽管王老五早上也看书，晚上也写字，漫无目的地学习，但始终在初中水平上，学业没有进步。没有老师的指导，王老五不知道怎么去学习，用尽看家的本领也无济于事，就这样走进了不可知的未来，身后的路一片茫然。

人，往往就是这样，在面临绝望的时候总会寻求一些自救的方法。当一条路走不通的时候，就会想到另一条路。

家庭的生活重担渐渐落在王老五身上，母亲年老体弱，弟弟又在读书。王老五像一只寒鸦在风雨中苦苦挣扎，从此以后，伴随王老五的是惆怅和忧伤，没钱的日子真不好受。为了家庭生活，王老五日思夜想，却始终难以自拔。

王老五很少进城，不敢贸然行动。但王老五还是决定走出大山到外面去闯一闯，争取闯出一番新天地。王老五犹如一只小鸟展翅单飞地离开了家。

王老五步伐沉重地走在大街上，初到城里，一切都感到新奇。但是饥饿开始折磨着他，过着风餐露宿，流落街头的苦难日子。他不知道到哪里去找工作。

王老五在陌生的城市里漫无目的地闯荡，耗费着自己的青春。就如一只无头苍蝇到处乱碰，眼看天就要黑了，王老五突然看见街边一家饭店竖着一个牌子写着招零工，工资面议。王老五走了进去，老板说，洗碗扫地抹桌子，包吃包住月薪180元。王老五一口就答应了，当时，王老五的肚子实在太饿了。接下这份工作，一来解决了王老五吃饭问题，二来解决了王老五住宿问题，其他王老五不敢多想。

但当王老五每天起早摸黑，没完没了地干活，晚上睡觉身子像散了骨头架似的疼痛时，王老五心里有种生不如死的痛苦。

王老五像一株被移种到阴暗角落的小草，没有生机，垂萎下去。

就这样一天天地消磨着时间，王老五渐渐由单纯变得复杂起来。不知不觉，十年过去了，王老五已成了个大龄青年，王老五母亲开始托亲求友为王老五介绍对象，女方不是嫌王老五没有父亲，就是嫌王老五家里穷而看不上王老五，当然，王老五也着急，一年年地等下去。

年轻人最不懂得把握时间，不懂得过了这个村，就没有这个店的道理。等来等去，王老五已经到了40多岁了，饭店老板开始器重王老五，叫王老五在厨房做菜学手艺。王老五觉得这也是一门技术，学好了，将来自己开个饭店什么的。王老五接受了老板的建议。

十年、十年地过去，人生有多少个十年！人挪活，树挪死。王老五决定换一个打工环境，也许能找到一份更理想的工作。于是，王老五辞职走在大街上，不时走进一家信息部，信息部经理说，像你这样没有技术，又没有文凭，很难改变人生命运。信息部经理介绍王老五到一家托运部去当装卸工，装卸工工资比饭店工资翻几倍。一提到钱，王老五高兴得不得了，接受了信息部经理的介绍。

在托运部里收入是可观的，可王老五没有想到刚走出狼窝，又掉进了虎穴。装卸工的滋味真不好受，一包包百来斤的货物重重地压在背上，就像千斤重担压得直不起腰，喘不过气来。腰酸背痛，脚如灌铅一般沉重，深一脚、浅一脚装车卸车。那种日子对于出生在富贵家庭的王老五是多么的痛苦啊！王老五五十来岁就顶不住了，只好辞工回家种田。王老五懵懵懂懂度过了几十年，王老五几十年的摸爬滚打，余下的钱不够买一头耕牛。

光阴如箭，岁数不饶人哪！转眼五十六七岁了，钱没有结余，年华已去，青春早逝。

王老五把他的身世讲完了，叹气地说："今天上山打柴，还受到你们的百般刁难，实在是命苦啊！"

高飞听后，产生了同情和敬意，深深地吁了一口气，没想到这王老五会有这样的坎坷身世。高飞十分感动地说："老爷爷，你给我和涂八头上了一堂生动的教育课。"

王老五用布满沧桑的双眼定定望着高飞，说："小朋友，生动不敢当。你不要叫我老爷爷，叫我王老五就是。"

天性随和的高飞吃了一惊，问："你就是王老五?"

"是呀，怎么啦?"王老五瞪大眼睛问。

就这样，他们算是认识了。高飞欣喜若狂，紧紧地握住王老五的手，说："王老五，终于认识你了，我家的摇钱树期待着你。"

"没问题，没问题，听天由命。我会好好看护摇钱树的。"王老五依然是那样的亲切和善良。

"高飞、涂八头，你们在哪里?"从远处传来田耀强大喊的声音。

"我们在这里听王老五讲故事。"涂八头回应道。

"走，王老五，我带你去找树根。"高飞热情而又诚挚地说。

王老五"嗯"的一声，挑起畚箕跟着高飞向山顶走去，同时唱起了山歌。

"一个男孩，

做了一个会飞的梦，

翅膀被风折断了，

重重地跌落在，

希望的田野里，

眼中无泪，

心，却在哭……"

沉重的山歌，在山野间的上空回荡。

（十六）

又是一个春天，高飞担心摇钱树经不起春天暴风雨的考验，更担心在摇钱树上筑巢的小鸟，一旦暴风雨来了，把它的巢搞得支离破碎，高飞在摇钱树旁边思前想后。

"哎，高飞，在想什么呀？"看守摇钱树的王老五问道。

"没什么，我想要是暴风雨来了，这摇钱树会不会被大风刮倒，在摇钱树上的小鸟会不会受影响。"高飞把自己心里的想法说了出去。

"不会的，小鸟有两个翅膀，要是暴风雨来，它会飞走的。人有人的想法，鸟有鸟的思路。再说啦，这么大的摇钱树，要是大风大雨能刮倒它，就不叫神树了。神树法力无边，再大的风也刮不倒它。"王老五坚信地说。

"说的也是啊！"高飞不敢说出破绽，只是一笑了之。

"你们在嘀咕什么呢？"一个熟悉的声音传到了高飞的耳朵。

"浩老师！"高飞面带笑容地走了过去。

浩亮笑容满面，问："爸爸、妈妈在家吗？"

"爸爸不在家，妈妈和姐姐在家。"高飞直言直语地说，并领着浩亮向家门口走去。

浩亮一进门就和邱玲眼光相撞，邱玲好不热情，笑嘻嘻地说："浩老师，什么风把你吹来了，快请坐，快请坐！"

"好的，好的！"浩亮一边往屋里走一边说。

邱玲一把拖过椅子让浩亮坐，浩亮坐下之后，左右看看，说："这房子是宽敞的，就是看起来半旧不新的。"

邱玲也拿过一把椅子坐了下来，高飞坐在旁边的小凳上，母子俩互望了一眼，听着浩亮说。

"不过呢，再重新装修一次，又是新房子了。"浩亮在思绪中说。

"上次借你的五万元钱还没还，又想装修，哪来的钱。"邱玲苦笑地说。

"钱不过是身外之物，何足挂齿。那五万元钱可以暂时不还，如需要钱装修，我可以再借。"浩亮慷慨地说。

"浩老师，你真是好人哪！谢谢了，你的情我领了。我可不想借你的钱了，不然一辈子也还不清你的债。"邱玲话里带着深深的奥秘。

浩亮也听得出，但是他也深藏不露，试探着问道："听说你家的摇钱树好神奇，能掉下硬币来，神乎其神，重重迷雾，越传越神奇，究竟是怎么回事，你能告诉我吗？"

"能能能，你是谁呀，怎么不能告诉你呢！"邱玲又说着深层次的话语。

"摇钱树真的有那么神奇吗？"浩亮不理会邱玲带着色彩的话语，继续问道。

"说起来话长，当初这摇钱树苗还是你给高飞拿回来种的，种摇钱树时，树苗只有筷子那么大。"邱玲说着长长地叹了一口气，心里在说难得高飞和高娜的一片苦心。

"是呀，在一年级时，响应国家号召植树造林，我从拨来的一批树苗中拿了一棵给高飞，让他拿回种。那时又天焦地旱，我以为种不活，没想到这是一棵圣树，成了神树。"浩亮说着哈哈大笑了起来。

邱玲像讲故事似的说："想不到的事情多着呢！为了这棵树，他们姐弟俩饭也吃不下，觉也睡不着，整天想着给摇钱树浇水。"

"这是好事，小孩子从小就要养成爱护树木的习惯，而且锻炼了毅力。"浩亮赞道。

"当然是件好事，可是我担心他们姐弟俩把精力放在摇钱树上不好好学习，那就麻烦了。"邱玲扯东话西地说了起来。

"那是你过去的担心，他们姐弟俩在班里的成绩是数一数二的。"浩亮为有这样的学生而自豪地说。

"再说啦，这摇钱树出了许多麻烦。"邱玲扯转了话题。

"这到底是怎么回事，说给我听听嘛。"浩亮真想知道事情的真相。

"摇钱树种活后，就有一些学生过来游手好闲地来摇一摇、推一推什么的，高飞担心摇钱树被折断，每天一放学到了傍晚就得在摇钱树旁守，不许小学生来摇摇钱树，可是这总不是个长久之计。"邱玲一五一十地说了起来。

浩亮笑道："高飞，是这样呀？"

高飞点点头，躲避着浩亮的目光，但没有言语，无言中包含着许多感慨。

邱玲接着说："后来他们姐弟俩轮流守候，一人一天，每天傍晚一直守到天黑，我简直不敢相信他们姐弟俩有这样惊人的毅力。后来，摇钱树到了碗口那么大的时候，他们姐弟俩不守了，因为每天放学回来要做作业。不守摇钱树之后，接着就又有些小学生又过来摇了，我只好一边做家务一边守摇钱树。"

"这摇钱树可苦了你们一家人。"听不出浩亮是嘲笑还是褒奖。

"可不，这棵摇钱树影响到了我们一家人的正常工作和生活，要不是这棵摇钱树，我就可以到外面去打工赚钱游世界了，摇钱树倒把我的时间占没了。"邱玲说的话，让人觉得可笑，他们一家人对摇钱树是那么的重视。

但是浩亮对邱玲说的话并不感兴趣，让他迷惑不解的是，摇钱树怎么会掉硬币呢？一遍一遍地想，就是想不明白。他又试探地问："摇钱树是不是你搞的鬼？"

邱玲哧哧一笑，添了点笑料，说道："我一个女人能搞什么鬼，摇钱树本来就是神树，我可没有这么大的本事指挥神。"

"我妈只是……"高飞刚开口，邱玲便使了个眼色，高飞很快就把话收了回去。

"你妈怎么啦?"浩亮看看邱玲，又看看高飞便急急地问。

高飞毕竟是个聪明的孩子，胡乱地说："我妈只是看着人家捡硬币，从不多言。"

"对对对，"邱玲接过话来，"人家捡硬币我从不走近，我不贪意外之财。"

浩亮毫无办法问出个中由来，百思不得其解，扯淡道："我真不明白，这摇钱树就成了神树!"

"这还用说吗，村民封的呗。"邱玲说着，脸上却露出一种掩饰不住的得意的笑容。

高飞好像在听，又好像在想别的事情。

"妈妈，你们在说什么呀?"高娜从房间里走了出来问道。

"见了老师都不问好，真没礼貌!"邱玲责怪道。

"浩老师好!"高娜甜甜地喊了一声，鞠躬问候。

"高娜同学好!"浩亮也回敬了一句。

高飞倦懒地托着腮坐在小凳上，对邱玲和浩亮的谈话内容再也不感兴趣。

"高娜，浩老师说，我们家里的摇钱树变了神树是怎么回事，你知道吗?"邱玲转而问高娜。

"什么，我怎么一点也不知道，什么时候摇钱树变神树了?"高娜吃惊地问。

"你听听，你听听，高娜这孩子一点也不知道，村民的风言风语怎么能相信，这简直是造谣惑众，浩老师，你就别打听了，你打听那些事有什么用，我劝你教好我家高娜、高飞，我就千恩万谢了。"邱玲连说带笑，显然很不认真。

"教好高娜、高飞是我义不容辞的职责，可我也得尊重社会科学呀，知识离开了实践有什么意义。邱玲，我劝你还是告诉我吧！"浩亮严肃地说。

"连高娜都没听说有这么回事，你叫我怎么说，你这不是胡闹嘛！"这年头村民就是野蛮，邱玲反而倒打一耙。

"高娜，我问你这些天，你家门前这棵摇钱树变神了，也就是摇钱树能掉下硬币来，甚至掉过一个银圆，还砸伤了浩聪，发生了这么多怪事，你一点也不知道，你到底去哪里了？"浩亮不相信地问。

高娜睁大眼睛说："我除了上学，就是在家里做作业看书，要么就是睡睡觉，或者跟妈妈到田间劳动。"

"这也就奇怪了，全天下的人都知道九龙冲的摇钱树变神树，只有高娜不知道。"浩亮讥笑道。

"有什么出奇，世上本无事，庸人自扰之。更何况天下的事不可能人人都知道。"邱玲有意混淆黑白，让浩亮无从下手。

"在三村六垌有什么事我不知道的，你说。"浩亮虚张声势，以便让邱玲从此就范，把摇钱树的真情说出来。

"昨天晚上，九寨沟发生了一起抢劫案，你知道吗？"谁知邱玲这样问道。

"有这么回事？"浩亮不知是计，十分吃惊地问。

"是呀，朱彪一伙正赌得热闹，抢劫者大喊一声：不许动。平时凶神恶煞的朱彪一伙，此刻，个个脸发青眼发白，白白地让抢劫者把钱拿走了。"邱玲说得绘声绘色，神秘兮兮。

"朱彪这帮赌徒一点都不敢反抗，就举手投降？"浩亮越听越觉得这件事离奇。

"谁敢反抗，不怕死就反抗。要是枪口对着你，你敢不敢动？"邱玲恐吓着问。

"这帮抢劫者是从哪里冒出来的，到深山野岭来抢劫，简直是吃了豹子胆。"浩亮像是在问邱玲，又像在自言自语。

"全国幅员辽阔，人口众多，什么事都可能发生。"邱玲朗朗地说。

"你的消息真灵通，我一点也不知道。"浩亮叹惜道。

"你还不知道，朱彪一伙的摩托车、电动车眼睁睁地看着抢劫者开跑，一点办法都没有。"邱玲又补了一句。

浩亮服了，说："我天天来学校，发生这么多的事，我都知道，就是这件抢劫案，我却一点也不知道。"

"更离奇的是，"邱玲又说道，"神兵从天降，那帮抢劫者离开了九寨沟到了山脚下，就被警察团团围住，一网打尽。"

浩亮不得不佩服邱玲的神通广大，感叹地说："真是大快人心，大得人心。"

"所以说，高娜说的话是真的，她一点也不知道摇钱树的事也不出奇。如果你真想知道，我可以原原本本地告诉你，告诉你也没关系。"邱玲轻声细语地说。

"好好，你快说，你快说。"浩亮高兴极了。

邱玲说出去的话就收不回了，只好说道："我从认识你那时起，你给我讲读书的好处之后，我一直用空余时间读书。书，给我的人生增添了许多乐趣，我贫乏的生活变得充实起来，我从书本中获益匪浅。为了博览群书，我买了一本《魔方世界》。"

浩亮一听不禁暗暗佩服，一个农村妇女能够用一颗炽热的心自学，游览知识的殿堂，了不起，精神可嘉。问道，"摇钱树的事，是书中教你的？"

"开始我也看不懂，看不明白书里面那些密密麻麻的语句，好烦人啊！"邱玲说道。

"后来你是怎么读懂的？"浩亮想听听邱玲的自学方法。

"后来，我从书中的第一句开始，一句一句地读，反复领会。直到读懂弄懂为止。"

"这样读可以吗，不烦人吗？"浩亮简直不敢相信自己的耳朵，邱玲是这样学习的。

"可以，日积月累，就像往存折里存钱一样越存越多。我竟然越读越有精神，越读越有味。"邱玲说着，眼睛里放射着异样的光彩。

"后来，你怎么想到在摇钱树上打主意?"浩亮盘根问底。

"不是打主意，是实践；理论与实践相结合嘛!"邱玲纠正说。

"啊，是实践，是实践!"浩亮怪笑着说，"你是怎么实践的呢?"

"我见一些小学生无所事事，游手好闲，走过路过我家门前，总爱去摇一摇摇钱树，这使我萌发了奇思异想，便想到在摇钱树上搞什么名堂。"邱玲越说越兴奋。

"摇钱树掉硬币是怎么回事?"浩亮像警察查案似的，邱玲说一句他问一句。

"我按照书上的方法，叫高飞爬上摇钱树去粘硬币，"邱玲说着望了一眼高飞，说，"也就制造了摇钱树掉硬币的一幕，创下了美丽的传说，神话般的故事。"

"哦，原来是这样!"浩亮若有所悟，沉思了一下，问，"我老婆和她大姐周瑛摇树时，摇钱树发出'啪'的一声，好像树断了，其实树没有断，这又是怎么回事?"

"我叫高飞在摇钱树上粘了一个微型喇叭，我再用录音机录了电视屏幕里播放节目时的一种声音传到摇钱树的喇叭里去，喇叭产生磁力作用，造出树断的声音。同时，制造假象，利用光学的折射法，在微型喇叭发出声音的同时，电光猛地一闪在人群里，眼焕奇辉，电光一闪，耀人眼目，也就制造了断树的假象。当人们反应过来时，便觉得树木恢复了原状。没想到在场的人都落入圈套，上了我的当。他们头脑也太简单了，涂八头一喊树断了，连看都不看摇钱树是否真的断了，自己吓自己，害怕起来，事情就是这样的。"邱玲在言谈中固然有夸张的意思。

浩亮还有点不明白，仔细地问，"浩聪摇树时，树上怎么掉下一块石头砸伤浩聪呢?"

"真是无巧不成书。这不是摇钱树上掉下来的石头好不好，"邱玲大声说，"我亲眼看见朱胜从远处投过来的石头，他投了石头就跑了。"

浩亮茅塞顿开，没有再问下去，站起身准备走人。脑子里不停地转动，这次既不伤害邱玲，又达到了自己家访的目的。没想到朱胜这么坏，要好好教育这些学生。想到这里，浩亮又坐了下来。说，"高飞，从此以后，你不要把心思放在摇钱树上了，好学生不能撒谎，希望你青出于蓝而胜于蓝。"

"是，我一定牢记老师的教诲，把精力放在学习上。"高飞响亮地回答。

"这我就放心了。玲姐，你说是不是，你也希望儿子出人头地吧！"浩亮沉重地说。

"当然啦，让你多费心了！"邱玲感激地说。

"那我走了。"浩亮站起来向门口直去，刚走到门口，不料周爱莲来了，他吃惊地问，"你来干什么？"

"哦，只许你来，不许我来呀？"周爱莲说话时脸色有点难看。

"别开玩笑了，我是来家访的。"浩亮赶紧解释道。

"别骗我，你以为我是三岁孩子。"周爱莲气愤地说。

"周阿姨，你别误会了，浩老师对我可好啦，经常来家访，指导我学习。"高飞赶紧来解围。

周爱莲的脸由阴转晴，笑笑说："高飞没事，我只是说说而已，玲姐我还不了解嘛！"

"嘻，吓得我出了一身汗。"浩亮的心情马上转了一百八十度，开心地笑了。

王老五见了也笑道："我看见你们夫妻俩脸色都变了，我惊出一身冷汗。"

"哈哈哈"，"嘻嘻嘻"，在场的人都笑了，尤其是高飞，笑得满面春风，露出两个酒窝。

门前的摇钱树也发出"沙沙"的笑声，一切尽在不言中。

（十七）

蔚蓝的天空飘浮着白云，天空中好多小鸟在飞翔。高飞坐在中巴客车上，望着无边无涯的田野，翠绿的稻田，频频呼吸着窗外清新的空气，望着窗外的景色不住地往后退去，思绪万千。

自从那一次浩老师家访后，一直到现在，高飞开始闭口不谈摇钱树，甚至连摇钱树都不看一眼，整天把心思放在学习上。

上了初中之后，一个星期才回家一次。高飞坐在客车上望着绿油油的田野，还有时起时伏的山川，奔流不息的河流。他在想，也许妈妈正在准备给他做好吃的饭菜。

中巴终于拐进了九龙冲的林间大道，这林间大道是那么的熟悉，又是那么的陌生，好像离家十年、八年似的。车子开始颠簸了，道路坑坑洼洼。山区的路烂了很少有人修，填填补补。有句古话：众人道路没人修，众人姑姐没人待。高飞坐在客车上，一颠一倒摇摇摆摆。

终于回到了九龙冲，刚下车就闻到了一股火药味。在农村让人最不安的，就是为一点小事争争吵吵，是非满天飞。

周瑛忽然跳了起来，把长发往后一甩，大声说："你邱玲今天不给我讲清楚，我就跟你没完。"

"你要我跟你说什么啦，我根本就没有说你坏话。"邱玲低声下气地说。

"你说了我许多坏话，你以为我不知道。"周瑛言语咄咄逼人。

山村是复杂的，人言是可畏的。在农村，做人没有一门发财的本事，就是挨白眼。邱玲自学多读了一点书，眼光看得远了，让丈夫高强学了一门摩托车修理技术，开了个摩托车修理店，再也不跟田运来去做建筑活了。周瑛见少了个出气筒就是有点不服。

"你以为还像以前那样想欺就欺，想骂就骂，今天看来是不可能了，是话你就说，不是话就叫你不说。"邱玲压抑多年的怨气冲口而出。

"我怎么欺负你啦，你给我说清楚。"周瑛说着，指手画脚。

"你自己做过的事，你自己最清楚，还要我告诉你吗?"邱玲冷冷地说，声音不高，但表情里也是不可欺的。

"你这个飞天鸡婆，今天我非得宰了你不可。"周瑛越说越凶。

水火难容，如今的邱玲再也不是当年的邱玲了，别人别再想欺负了。

"你来宰呀，总以为动不动就整人，我就不信你横行一世，告诉你没门。"邱玲积压已久的怒火和痛苦像决堤般的水泛滥开来。

人在伤口触痛的时候最容易发疯。周瑛被邱玲触到灵魂深处，再也控制不住心中燃烧的火。

"看来不给你点颜色看看，你不知好歹。"周瑛说着冲向邱玲，一脚踢在邱玲的肚皮上，把邱玲踢翻在地。

"哎哟——"邱玲发出撕裂人心的惨叫，喊声震惊了周围看热闹的人。

周瑛扑上去把邱玲紧紧地压在地上，动弹不得。邱玲急中生智，一口咬在周瑛的肩上，周瑛"哟"地大喊一声，"好痛呀!"

就在这一瞬间，邱玲把周瑛推翻了过来，两人抱着滚来滚去。

"快来看呀，有人打架了。"涂八头一边拍手一边大声笑喊道。

"你这个傻仔，怎么能幸灾乐祸呢。"高飞狠狠打了涂八头一拳。

涂八头若有所悟，羞愧地低下了头，不敢说话了，自知自己的嘴巴太贱，惹了祸。

高飞看见母亲和周瑛翻来覆去地厮打，心里好难受，他的心底有种受侮的感觉。

田耀强恨不得亲自上去帮忙，在旁边怂恿指挥道："妈妈，两手压住邱玲的双手，不要松开，她就没办法了。"

一对一，高飞敌不过田耀强，不是田耀强的对手。只好看在眼里恨在心里。

看打架的人越来越多，像是在看一场特别的武打电视连续剧那么快活。邱玲眼明手快脚灵，仰卧着，一脚踢在周瑛的肚脐下，把周瑛的裤子踢脱了，留下一条裤衩，观看的人无不拍手叫好。

周瑛似乎觉得羞耻，挣脱邱玲。一边爬起来一边把裤子拉好，一边指指点点地骂道："你们这帮畜生，看什么看。"

邱玲也算出了口气，从地上爬起来，有种说不出的兴奋，以胜利的气势说："看你还敢不敢欺负人。"

田耀强也觉得丢脸，双手抓着拳头，恶狠狠地说："总有一天，让你好看的。"

看打架的人慢慢地散去了，有的在议论，有的在调笑，有的在幸灾乐祸，更有人希望继续观看下去，还嫌看不够。

周瑛拍拍身上的衣服，又拍拍裤子里的尘土，灰心丧气地走着。表情里好像受到了莫大的侮辱，田耀强跟在后面悄然离去。

邱玲虽然打架打赢了，但还是憋着一肚子气回到家里，似有千言万语要对高飞说："高飞呀，你可要记住这个仇呀，听你爷爷在世时说，我们高家人世世代代受到田家人的欺压，你若不出了这口气，就对不起列祖列宗啊。"

高飞心里也难过，世上有谁想自己的母亲被人欺受人侮呢。他却佯装毫不在意地说："妈，有什么大不了的，不就是发生口角嘛，人生哪有不发生口角的。我看算了，你要是憋在心里会伤身体的。"

"我咽不下这口气。"邱玲怒气未消的脸硬板板的，说，"有人骑在你头上拉屎，你也说算了是不？真没出息，妈妈巴望你有骨气，没想到你竟这样说。"

"妈，你要我出气可以，我这就去跟田家的人拼个头破血流，拼个你死我活，用生命维护家族的声誉，到时你会满意的。"高飞抓着拳头手痒痒的。

"这可不行，"邱玲马上觉醒过来，说，"我的意思是要你们好好读书。智力雄于武力，有朝一日你读书出来得了富贵，就要想到妈妈受欺受侮的日子，好好珍惜。"

"妈妈，我会的，"高飞诚恳地说，"许多事我都看在眼里，记在心里。"

"你记住什么啦?"邱玲总想高飞记住她的深仇大恨，将来有机会好报仇。

"本来我们家门前右边这条侧路就是通往我们家的要道，就在我刚学会走路不久，我作为孩子只知道从侧路回家比绕圈近，便抄近路回家。可是，周瑛硬说我走的那条路是她家历代的祖宗岭，不许我从那里走回家。我并不懂得大人仇小孩受，我依然我行我素。周瑛见我抄近路走回家，便一掌打在我的脸上，打得我眼发花，头发昏。我哭呀喊呀，没有人帮我，也许当时你是被她欺怕了，连妈妈你也不敢站出来帮我。这件事已经刻在了我的心里。"高飞说着，两颗晶莹的泪珠滚了出来。

世上竟有如此无赖的人，上天为什么不惩罚她，如果不是亲身经历，这件事要是发生在别人身上，实在让人难以置信。高飞总认为世间是美好的，他看到了现实，穷人就是活在社会最底层的人，受欺受压。要不是妈妈学了一点魔方知识，有了摇钱树，烧香拜树的人要走近路，这回家的要道还不能走呢。妈妈本身也不想骗人，世上好多的事都是被逼出来的。周瑛担心有朝一日遭到报应，才出此善心，把路让大家走。高飞开始懂得，这个世界太复杂了。越想越明白了，只有知识才能改变家庭的命运，家人才能平安幸福。

"高飞，妈妈知道错了，穷人受气呀。妈妈知道你已经懂事了，只因你爸爸不争气，才让你受委屈，真是罪过。"邱玲说着泪水滚滚流。

"妈，我们家受欺受压的日子已经不是一天两天的事了。有朝一日我有出息，也要治治这帮富人，以其人之道还治其人之身。"高飞紧握着拳头，眼里发出灼灼的目光。

邱玲趁热打铁，激发高飞上进的心，说："你还记得那次周瑛家菜园里一棵龙眼树被人偷砍的事吗，周瑛硬说是你爸砍了她家的龙眼树。如果你爸不给她家栽活一棵龙眼树，就不给我们家好日子过，你爸为给她家栽活一棵龙眼树，不知费了多少心血。"

"我当然记得，也许田家得罪的人太多了，别人以报复的手段砍了她家的龙眼树，她找不到偷砍龙眼树的人，就拿我们家开刀出气。"高飞理智地说。

"还有呢?"邱玲意识到高飞真的懂事了，打心里感到高兴。

"还有，就是上次赌钱的事。"高飞愤愤不平地说。

"上次赌钱怎么啦，你爸参加赌钱了?"邱玲明知故问。

"不是，周瑛想害爸爸，明明是她周瑛聚集一帮人在摇钱树下赌钱。她却去报警，警察来了，警察说爸爸聚众赌博，爸爸死活不认，你听这糊涂的警察怎么说，这是在你家门口，你可要知道提供场地赌博也违法，真是媳妇遇到神经病婆婆——害死人。"高飞愤愤地说。

"你知道就好，周瑛好阴毒啊，要是她害得你爸爸判个十年八年徒刑，岂不是害得家破人亡。你爸爸要是被判刑了，你还有读书的机会吗?没有，绝对没有，我可没有那个能耐供得起你们姐弟俩读书。"邱玲感慨地说。

"妈，我明白了，听说九寨沟做媒的那个胡作梅就是因年少时丈夫出了车祸，至今五个儿子都三十多岁了，还娶不上媳妇。做得媒给别人家，可做不了给自己家。"高飞举起事例来。

邱玲脸上露出了笑容，眼睛里又溢出了泪水，说："好孩子，人生要知书达礼，也要慎重处世，不要让别人害到你。妈妈就是砸锅卖铁也要送你读到大学毕业。"

"妈妈，让你受苦了，我一定做个孝儿子，读好书，找份理想的工作，让你晚年幸福。"高飞随口而出。

山里的孩子就是这么倔，受到恶劣环境的影响，都有一颗上进的心，都有一个走出大山去的理想。

"妈妈，我回来了!"高娜娇嗔地喊道。

"你怎么才回来，人家其他的孩子早就回来了。"邱玲责怪高娜。

"我和其他同班同学在镇上多玩了一会儿。"高娜毫不在乎地说。

"去，快吃粥，吃了粥去铲铲猪栏的猪屎，猪都嗷嗷叫了，养这几头大猪还不都是为了你们的学费。"邱玲啰哩啰唆地说。

"嗯!"高娜应了一声走进厨房。

农村的女孩子特别听话，农村的男孩子特别调皮。可高飞就不一样，他怕姐姐受累，主动找来铁铲去铲猪栏里的猪粪。高娜吃过粥也跟着去一起干。干活中总少不了言语，问，"姐姐，你期中考试考得怎样?"

"我是全班成绩第二名。"高娜说道，转而问道，"你呢?"

"我在全班中上成绩。"高飞不好意思地说。

山里的女孩子就是比男孩子勤奋，在学习成绩上大多数都比男孩子好。高娜难免有些骄傲，说，"高飞，你的学习成绩太差了。"

高飞不服地说:"到期终考试我要超过你，我要考个全班第一名。"

"吹吧!"高娜说道，"全班第一名，没那么容易的。"

"你别小看我，一个人最重要的是意志，只要意志坚决，干什么事都会迎难而上。"高飞坚定地说。

读书，考场就是战场，是一场没有硝烟的战争。考试往往就是一分之争，考上了前途无量，考不上埋没终生。考场是每一个考生的关键时刻，容不得考生掉以轻心，半点马虎。

高娜注视着高飞，自信地说，"我不信你能超过我。"

"世界上没有什么不可能的，意想不到的事情时有发生。"高飞的话中有话，显然是在向高娜挑战。

高娜略思片刻，说道:"好吧，让我们以优异成绩报答父母对我们的一片苦心。"

高飞说："姐姐，你知道爸爸妈妈的辛苦，周六周日就应帮爸爸妈妈做一些力所能及的家务，免得爸爸妈妈太累。"

高飞和高娜都是懂事的孩子。傍晚时分，高娜分配说："飞弟，我去择菜，你去放牛。"

"好的。"高飞竖起右掌，像是军人服从命令的敬礼。

高娜"哧"地一笑，说，"真是一个好弟弟。"

天，阴云密布。山间小路，田边地头，到处都是忙碌的农民，有的在放田水，有的在拔草，有的给稻苗打虫除害。

"呔，呔呔。"高飞骑在老黄牛的牛背上，沿着山间小路来到了山坡，他从牛背上跳下来，把牛绳折了两折搭在牛背上，然后坐在草地上观看，脑瓜在不停地转动。

昨天下午，学校里发生了一起事故，学校实行封闭式教学，有钱人家的田耀强受不了那份煎熬，从墙头爬出来买零食吃。涂八头、浩聪，还有朱胜，也跟着从墙头爬出去。墙围已经年深月久，隐藏着危险。就在朱胜最后一个爬出墙头时，墙围塌了，朱胜被压在乱砖之下，不停地叫喊，"我的腿呀，我的腿呀！"

老师同学闻声赶来搬开乱砖、碎砖一看，朱胜双腿都骨折了，血流如注。老师同学一边帮他止血，一边把他抬上担架，向卫生院送去。

看来朱胜一辈子完了，要是他遵守学校纪律，执行学校规章制度就不会发生这事了。

人总是有仇恨的，只是压在心里不说出来而已。高飞转念一想，墙头为什么不压在田耀强身上呢，要是压在田耀强身上就好了。田耀强动不动就称王称霸，恨死他了。

西边的太阳就要落山了，牛也像人类一样懂得早晚，不时地抬起头来看看西边天色，又低头去吃草。

高飞意识到该回去了，懒洋洋地站起来，走到老黄牛的身边，抓过牛绳爬上牛背。"呔，呔呔。"又沿途而返，田野上的人已经寥寥无几，老黄牛经过了葱绿的田野，嗅了嗅那田里的水是否有毒药，探知田里的水确实没有毒药，便把嘴放进田里深吸起水来。老黄牛的喉咙真大，像抽水机似的，吸水时发出"咕噜，咕噜"的声音。老黄牛吃饱喝足之后，大摇大摆地向家里走去。高飞骑在老黄牛身上，乐呵呵地双腿夹在老黄牛肚两边，一张一合，美滋滋的。

（十八）

白露刚过，秋风乍起。瑟瑟的秋风，送走了骄阳似火的酷暑，沥沥的秋雨打在村边的翠竹残叶上，让人听起来有种悲凉的感觉。

高飞在九龙冲山后的黄泥塘的塘坝上转悠起来，好久没来这里观光了。站在黄泥塘坝上眺望，塘坝前是一片宽阔的田野，正待收割的金色稻子。池塘里一群小鸟在觅食。冬天快到了，池塘里干旱得无水，泥土干巴巴的。小鸟一叮一叮地挖土，寻找地下的食物。高飞生神经质地喊道："啵，啵啵。"

小鸟毫不在乎，继续挖它的泥土。高飞气了，好像小鸟得罪他似的，捡起一块石头扔了下去，小鸟一点也不惊慌，只是抬头看看高飞，又埋头挖土，高飞又去捡石头。

"飞哥，你在捡什么呀，有宝贝吗？"涂八头也来塘坝观光，见高飞弯下腰去，开玩笑地问。

"我在体验生活，用手称一称、掂一掂每块石头的重量，然后回家再过磅，看我估得准不准。"高飞没有把真情实意说出来，说了假话。明明是想捡石头砸小鸟，涂八头一问，口气就不同了，真是转得快。

每个人都有两副面具，一副是诚实，一副是欺骗。高飞选择了第二个面具骗涂八头，不过这是幽默的话语，并不碍事。

"我们生长在农村，农村这个熔炉里到处都是石头、石山，这山山水水比城里那假山假水美多了，用不着什么体验生活。"涂八头欣然地说。

"对，涂八头，你说得对极了。我们九龙冲的一草一木，一山一水都比城里的真实美观。我们九龙冲虽然没有高楼大厦，自然环境每一个角落都要比城里风光好。"高飞越说越觉得，九龙冲大自然的新奇，存在着许多潜力。

"我们九龙冲山区处处都是宝，"涂八头随便捡起一块石头说，"飞哥，你看这块石头又光又滑，晶莹如玉，多好看。"

高飞突发奇想，说："涂八头，我们要是把这些晶莹石头捡到城里去卖，也许会赚到好多的钱，城里人喜欢这些奇离怪石，加上这些石头晶莹透明，光滑漂亮如玉，城里人准会喜欢。"

"你们在嘀咕什么呀？"涂桂到田间去看看自家的稻田，经过塘坝，听到高飞和涂八头在议论，插上了一句。

"爸爸，"涂八头拿着石头转过身，欣喜地说，"我和飞哥想，这些石头美如玉，要是捡到城里去卖，准会赚到很多的钱。"

"呸，我以为你们捡到什么黄金白银，原来是些石头，这些石头我们山区农村哪里没有，谁要你的？"

"桂叔，你别小看这些石头，这些石头比黄金白银还可爱，也许有的山区真的没有。"高飞一边说一边思虑着。

"就算别的地方没有，但是人家买你这些石头有什么用？"涂桂不以为然地说。

"桂叔，这你就不懂了，"邱玲也来到了塘坝，她想到田间去，听到他们在讨论这些石头，也来了兴趣，抢过话头说，"这些石头可以在建筑上做装饰什么的，好看极了。"

"谁要你这些石头来装饰，商店里有的是形形色色、颜色不一的地砖和墙纸，比你这石头方便多了，又省工又节约钱。"涂桂争辩了起来。

邱玲往右边塘边一指，说："你们看池塘下面两边的石头，如砖砌一般，被池塘的水洗得干干净净，白雪雪的，闪闪发亮，整齐美观，简直是一个天然高级游泳池。"

农民就是这样，因为穷，生活艰难，想钱都想疯了，每个农民都想改变自己的命运。涂桂听了邱玲的话也来了个大胆的设想，说："玲姐，要是我们这里办个旅游景点，会不会有很多人来？"

"你说得容易，办事一是钱，二是权。你知道办个旅游景点要多少钱吗？要修路，要种好多好多的风景树，要建好多好多的房子，要把我们这里的山山水水装饰得像天堂一样漂亮，这些钱都从哪里来？"邱玲问得涂桂无话可说。

涂桂两手抱头想了半天，说，"唉，邱姐，我们可以去贷款呀？"

"桂叔呀，桂叔，你想得太天真了，贷款是要抵押的，你有抵押吗？"邱玲又质问了一句。

涂桂又哑口无言了。这个世界就这么现实，穷的越穷，富的越富。看来谁也无法改变历史发展的规律。

高飞涉世未深，他真想不明白，那些信贷机构为什么不借钱给穷人，穷人正因为穷才去借钱，可信用机构偏偏不借钱给穷人，这是什么道理。高飞还在读书，他感到这个世界并不像书本上说的那样完美无缺。

"那么天生注定我们穷啦，就没有一点办法啦？"涂桂也提出了个疑问。

"最重要的你没文化没知识，怎么规划，怎么画图纸看图纸都不懂，何况开个旅游景点，一点资金都没有，岂不是白日做梦！"邱玲叹息着说。

"明白了，穷人大多是没有文化的人。"涂桂若有所悟地说，"涂八头呀，你要好好读书啊，否则你这辈子穷死你。穷人的唯一出路就是读书。不然，到头来还是穷人。"

涂八头领会涂桂的意思，说道："爸爸，我已经很努力了，我会尽最大的努力去实现愿望的。"

高飞一点也不动声色，他早被邱玲教育得非常懂事。

"爸爸就指望你争气，到时候读书出来当个信贷主任，为穷人发放贷款救救穷人。"涂桂虽然斗大的字不识一个，但他也说得一番道理。

风声沙沙，敲打着惆怅。邱玲想到家里腌的咸萝卜还没晒，便催道："高飞，回去晒咸萝卜，这么好的天气，有风有太阳别浪费时光了。"

"可是，田里的水不排干，怎么收割稻子？"高飞转而问邱玲。

"先回去晒咸萝卜，田里的水下午再去排。"邱玲似命令地说。

涂桂舍不得离去，还在梦中似的，老是想着旅游景点，想着钱。涂八头推推他，说，"爸爸，我们家的咸萝卜晒不晒？"

"晒呀。"涂桂应了一声，也跟着回去了。

九龙冲对面山有一座白坟，白坟背后有一片草坪，正适合村民们晒咸萝卜什么的，许多人都抓紧艳丽的阳光在晒咸萝卜。腌得半生不干的咸萝卜，吃起来又酸甜又脆。高飞习惯一边晒咸萝卜一边吃咸萝卜。

"高飞，你不要再吃了，咸萝卜不干净，多不卫生；而且吃多了咸萝卜，会口渴的，别人见了，还会说缺乏家规家教。"邱玲劝道。

高飞"嗯嗯"地应道，一小块一小块地晒。

晒咸萝卜也需要耐心，难怪有人说农村是锻炼人吃苦耐劳的天地，晒两竹箩咸萝卜，要一个小时的时间，弯得腰酸背痛，太阳晒得脸发热。

"玲姐，快晒完啦？"涂桂挑着两箩筐咸萝卜来到白坟背，从邱玲身边走过，顺便问了一声。

"快了，快了。"邱玲边晒咸萝卜边回答道。

涂八头飞快地跟在涂桂后面，到了高飞身边捡了一块咸萝卜放进嘴里，刚咬一口就骂道，"酸死了，酸死了。"

"你这个涂八头，"邱玲骂道，"高飞还没结婚，你就说孙死了。好在不是大年初一，要是大年初一非骂你一顿不可！"

涂八头笑嘻嘻地说："高妈，你真会开玩笑，我说的不是那个意思。我说的是你家的咸萝卜太酸了。"

高飞手在晒萝咸卜，眼却看着涂八头傻笑的样子，乐滋滋地说："妈妈，要是我大学毕业后结了婚，找到一份好工作，我准把你接到城里去，帮我带孩子，买菜煮饭什么的。"

邱玲高兴地笑着说："等你大学毕业娶了老婆，有了孩子，到那时，你还记得妈妈吗？"

"记得，记得，我唯一的妈妈怎么能忘记。"高飞一本正经地说，母子俩聊得很开心。

人，大多数是想报恩的，不论父母、亲戚朋友、老师、同学、领导、战友、同事。只要对自己有过帮助，都会终生难忘，设法报恩。当然，也有反目成仇，恩将仇报的，但这样的人是很少的。

"妈妈知道你是孝子，也只能说现在是孝子，谁敢说你以后会不会变心，我老了，你会不会不给妈妈饭吃？"

"不会的，妈妈！你放心吧。别人我不知道，我绝对爱自己的爸爸妈妈，只要我有一口吃的，总少不了你的。"

"我举个例子吧，"邱玲把一块块咸萝卜摆晒在草坪上，一边说，"九寨沟有个朱相发，40多岁了。他父亲叫朱大炮，他母亲叫宁苦，朱相发不是偷就是骗，跟社会上一些烂仔一起赌博闹事，寻花问柳，嗜赌如命。他还算好，娶了个老婆，生了一男一女。"

"朱相发，偷抢骗诈，娶老婆与父母有什么关系。只能说父母教育无方。"高飞一点儿也不明白邱玲说的是什么意思。

"你听我说，"邱玲让高飞停下嘴来，继续说，"朱相发娶老婆之后，子女也长大了，眼看子女就要上初中了，子女要吃要穿要住，生活开始紧张起来，朱相发开始埋怨父母不给他攒钱，父母不但得不到他的照顾，还三天两头骂父母没用。"

"妈妈，我不是那种人，只要有一口吃的，就少不了你的。人再穷，怨天怨地，也不能怨父母，要怨就怨自己的命，怨自己的命不佳好了。再说，用自己勤劳的双手总会得到钱的。"高飞警觉地说，"人活在世上，就是要拼，人不能怕吃苦，要不畏难。人活一世，哪有不困难的，天大的困难也要克服，随时都要有吃苦耐劳的思想准备。"

邱玲不管高飞怎么说，继续唠叨她的话语，"后来朱相发父母为了照顾他，起早贪黑去捡废品卖，资助他朱相发的生活。有一次朱相发母亲宁苦在一座桥上捡废品，发现一只矿泉水瓶在桥的中间，宁苦便想走过去捡，不料一辆摩托车开了过来，'呼'的一声，把宁苦撞翻在地，奄奄一息，那人也没良心，扶起摩托车回头骂道，你这只老鸡婆，我看你是活够了。"

高飞听着，惊得张开嘴巴忘记合上，暗暗吃惊，既为宁苦被摩托车撞惊出一把汗，又对那个骑摩托车撞朱相发母亲的人愤愤不平。

"宁苦拖着伤痕累累的身躯，一瘸一瘸地回到家里，整整躺了一个星期，用民间老方法自己找来的药治好了伤。在一个星期里，朱相发竟然不问候一声母亲，显然，朱相发对宁苦的仇恨在日益加深。宁苦暗自吞下肚子里的却是无限凄苦的泪水。"邱玲说不下去了，泪流满面，声音里充满着凄怆之情。

高飞越听越惊奇，越听越激动，低着头倾听，没有注意到邱玲的表情。

邱玲控制着情绪，慢慢说，"宁苦的伤好后，重操旧业，继续捡废品，可是一个老人用捡废品的方法赚钱，一天又能捡得几个钱！灾难残酷地捉弄了她。尽管宁苦拼命地捡废品，也无法让朱相发满足，反而弄出丑闻。"

"妈，别说了，我听着心里好难受，我又不是朱相发。"高飞听着，满脸苦楚。

"我说，我不说你怎么知道什么叫作反目成仇，恩将仇报。"邱玲说着，脸一下子沉了下去。

"反目成仇，恩将仇报是成语，我一查成语词典不就明白了。"高飞不爱听地说。

"没那么简单，我说的是真人真事，以事例解词。"邱玲辩解道。

"什么事例，你说来说去，还不是朱相发，我不爱听。"高飞固执地说。

"喏，喏，你说你有耐心，就凭这一点你没有耐心，你还不知道最后我想说什么，就打断我的话。"邱玲用刺激的方法说。

"好吧，你说吧！"高飞终于耐心地听下去。

"这是一个无星无月的夜，夜深人静。天，淅淅沥沥地下着小雨，给人一种苍凉之感。九寨沟的人们都已经进入了梦乡，做梦也没有想到悲剧发生了。宁苦的晚年如此凄苦，朱相发操起斧头向她砍去，只听到'哎哟'一声，宁苦倒在血泊之中。"邱玲痛心地说。

高飞敏感地问："出人命啦？"

邱玲没有回答高飞的话，说："朱大炮见老伴被朱相发乱砍，便过来阻挡。朱相发把斧头对着朱大炮又是一斧。"邱玲说得令人发指，胆战心惊。

高飞"啊"地喊了一声，担心事态的发展，可事情已经发生了。

"当朱相发大哥朱彪闻声赶来，两位老人双双离开了人间。朱彪痛不欲生，哭声阵阵，呼天不应，呼地不闻。朱相发说，父母死有余辜，是父母对不起我，不杀了他们，我无法解心头之恨。"邱玲说着，极其痛苦，眼中蓄满了泪水，无声地哭了。

高飞也被感染了，眼泪无声地淌了下来，真是看《三国》掉眼泪。男儿有泪不轻弹，怎么就忍不住。他不是为宁苦的死而落泪，他是为了邱玲伤心而难过。说："妈妈。不是好好的嘛，你怎么能可怜这个恶棍的父母。"

邱玲极力把浮到眼里的泪水强忍回去，说："妈妈是为了两个老人楚楚可怜而难过。死，谁也无法避免，但不应该那样死。"

"妈妈，你何必呢，这有什么值得同情的？那是两位老人自己种下的苦果。并不是朱相发恩将仇报，而是两位老人在儿子年少时教育无方，宠出来的。"高飞敌视着说。

满眼泪水的邱玲几乎喊了起来："高飞，你怎么能这样说话呢！天下的父母都是爱儿女的，儿女应该孝顺，没有权利审问或指责和教导父母。你这样说话，我担心我现在是宁苦的过去，宁苦的悲剧也许会在我身上重演。"

"妈妈，你说到哪里去了，我是那种人吗？朱相发大哥朱彪和我们家有深仇大恨，朱彪打过你，砸烂我们家的东西。偷、抢、骗、诈无恶不作，自称土皇帝，动不动就称王称霸，耀武扬威。难道不是宠出来的吗？"高飞越说越气愤，"这就叫作恶有恶报，这就是对朱彪的报应，不死了其全家不解我心头之恨。"

"小声点，要是被谁听见了去告诉朱彪，会把我们一家搞得不安宁的。"邱玲制止道。

"哈，哈哈！"好危险，高飞暗暗地想。身后果然响起了周瑛的声音，"踏破铁鞋无觅处，得来全不费工夫。"

邱玲以为周瑛听到了他们母子俩的谈话，吓得眼发直脸发青，不自然地笑了一下，问："周姐，你在说什么？"

周瑛脸色好难看，屁股一摇三晃地走过来，瓮声瓮气地说："好汉做事好汉当，自己做的事还不清楚，这回跳进黄河也洗不清了。"

邱玲感觉到周瑛的话自然是弦外之音，局促不安地笑了笑："周姐，我不懂你的意思？"

周瑛黑着脸，阴沉如旧，眼睛灼灼逼人，说："你别装糊涂了，我问你，你家的咸萝卜从哪里来的？"

邱玲终于明白了，对答如流："从我家的咸萝卜缸里挖出来的呀！"

周瑛依然是步步紧逼，说："是，咸萝卜是从你家咸萝卜缸里挖出来的，可是腌咸萝卜的萝卜又从哪里来？"

"萝卜？"邱玲一时语塞，无话可说。

"是嘛，说不出来了吧！"周瑛手舞足蹈，气势汹汹。

草坪上在晒咸萝卜的人们闻声都跑过来看热闹，高飞看着邱玲饱受欺凌，实在令人难忍，那表情好想哭。

人善受人欺，马善被人骑。邱玲回头问："高飞，你姐姐呢？"

"妈妈，我来了。我在家里自己补课。找我有什么事？"高娜不知发生了什么事，看见草坪里围着一堆人，开口就问。

"什么事，我问你，那天你和你爸去拔萝卜，是不是拔错田伯伯家的了。"邱玲气愤地说。

围观的村民，好奇地指指点点，说三道四。

"没有呀，那天拔我们的萝卜，田伯伯也在那里，田伯伯也拔他家的萝卜，他说他怕麻烦不想腌，就挑去卖了。"

"误会，误会。我家地里的萝卜是拔去卖了的，周瑛她不知道。对不起了，对不起了！"田运来听到对面山草坪发生吵闹声，特地赶过来，心平气和地解释道。

一场风波就这样风平浪静。

高飞当什么事都没有发生过，一点儿也不计较周瑛的胡闹，只是深深地埋在心底里……

（十九）

时间在流逝，春天又来了，草长莺飞。除夕夜，震耳欲聋的爆竹声响个不停，迎来了除旧布新的一年。

邱玲一家人团团围坐着吃年饭，年饭桌上丰盛极了，有扣肉、家鸡、红烧鱼、排骨，还有瘦肉炒粉丝，满满一大桌。

饭后一家人坐电视机前看"春晚"直播，那歌声是那样的动听，那样的悦耳，舞蹈轻盈优美自如。

随着新年的钟声响起，"噼哩啪啦，噼哩啪啦"的鞭炮声，响彻云霄。高飞和高娜走到门外放烟花，烟花在空中放射着五颜六色绚丽的花朵，美极了。

高强点燃仙香，插在摇钱树下的香炉里，然后站直身子，双手合十在胸前摇了几摇，对天对地念个不停："上苍呀，在新的一年里，保佑我的摩修店，生意兴隆，财源广进，今年赚它几十万元人民币。同时，保佑一家人身体健康，万事如意。高飞和高娜都考上大学，出人头地。"

"爸爸，为什么要这样喊？"高飞不明白地问。

"这是我们村里人的风俗习惯，大年初一，子时是迎春接福的时辰，要把财神、守门神、天官接回家里。财神可以让我们在一年里财源滚滚，守门神保佑我们四季平安，天官帮你和姐姐考上大学出人头地。"高强如说教似的。

真是种什么树苗结什么果，撒什么种子开什么花。高飞哧哧地笑道："哦，我明白了，我也来几句。各种神神鬼鬼保佑我，全市中考第一。"

"你想得美，我才没有那么差劲。"高娜反击道，"我在全市中考第一，高飞你考得全市第二。"

高飞不敢和高娜争吵，觉得姐弟应该讲风格，于是改正说："姐姐中考全市分数第一，我高飞全市分数第二。"

高飞和高娜都开心地笑了，好像真的考上了重点高中一样。山里人就是觉得能考上个重点高中就不错了，读个重点高中不容易。高强看在眼里，笑在心里。

鞭炮声、烟花声响过之后，九龙冲又恢复了宁静，人们慢慢地入睡了。

除夕之夜，是人们最兴奋、最幸福的一夜。辛苦了一年，只有大年三十晚才睡上一个安稳觉，一年的操劳都放下了，一切抛之脑后，以新的姿态迎接新的一年。

天亮了，九龙冲沸腾了起来，小朋友们东奔西跑，到处贺新年。尽管迷雾重重，但人们还是在热闹的气氛中串来串去。说实在的，山里的孩子过去家里实在穷，小孩子习惯于大年初一找大人要压岁钱，过去大年初一，小孩子给大人拜年只有一角钱。后来，山里的人们也渐渐富裕了，年关的压岁钱也在长，小孩子每找一个大人拜年的压岁钱从五角到一元、两元、三元、四元、五元、十元，不断地增加，像田运来这样的有钱人给一百元。

节日的气氛正浓，每个男人都衣冠楚楚，每个女人都珠光宝气，每个小孩都焕然一新，到处洋溢着喜庆和欢乐。高飞和高娜一起床就出去了，虽然已是一个初中生，但自己仍划入小孩子的行列。

在九龙冲，九叔婆最老，得先找最老的人开始拜年。高飞和高娜来到了涂桂的家，进门便同时说："九叔婆，恭喜发财，祝你身体健康，寿比南山！"

168

"好，好好!"九叔婆不停地应着，忙从口袋里拿出两元钱打发高飞和高娜。

一元钱虽少了些，但对于老人来说够多的了，这一元钱还是从每月九十元养老金里攒出来的。

高飞和高娜接过九叔婆的压岁钱，又去找涂桂，涂桂正伸着懒腰准备起床。高飞和高娜进门来了，齐声喊道："桂叔，新年好，恭喜发财!"

涂桂懒洋洋地说："好好，我知道新年是好，就是我的钱包不好，唉，不说了。"

"那你快给呀!"高飞直言不讳。

"慢着，慢着，慢慢来! 钱是会给你的。"涂桂爬起床一边掏钱一边说，"高娜10元，你，高飞10元。"

高飞接过钱，就说："桂叔，祝你家今年丁财两旺，生个双胞胎。"

高娜却说："桂叔，祝你今年买彩票，中1000万人民币。"

涂桂高兴极了，连声地说："好好，你们姐弟俩快高快大，考上大学。"

高飞和高娜嘻嘻哈哈，开心极了，一边走一边笑。在九龙冲转了一圈，回到家里算钱，各人竟有500元的10元纸币，有一张100元的大红牛（人民币），姐弟俩好不高兴。

"姐姐，这600百元钱，你打算干什么用呢?"高飞探问着高娜。

高娜沉思了片刻才说："我打算将这600元钱，多买几件得体的衣服。留部分买学习资料。"

高飞沉思良久，说："我将这600元钱全部买书，买学习资料。"

高娜睁大眼睛问："你买那么多学习资料、那么多书干什么? 学校发的都读不完。"

"姐姐，你读不完，不等于我读不完。我日日学，天天写，到考试时就会得心应手。不是说'读书破万卷，下笔如有神'嘛，我别说去买一万本书，一百本都不够。"高飞愧疚地说。

"你们姐弟俩在说什么呀，叽叽喳喳的那么高兴?"正在忙中餐的高强走了过来。

"爸爸，没什么。我和弟弟商量这些新年压岁钱怎么用。"高娜一年比一年漂亮，一年比一年懂事，她直言快语地说。

"嗨，还用商量，统统交给我保管，开春了买化肥农药什么的。"高强逗着说，喜笑颜开。

高飞和高娜对望了一下，哄然大笑："哗——"

"那么我上学的学杂费呢？"高飞急急问道。

"电视新闻不是播过啦，义务教育不收学费了。"高强佯装糊涂地说。

"班会费，食宿费，纸张笔墨，还有……"高娜把理由说得十分充足。

"哦，我明白了，你们不愿交给我保管。"高强笑吟吟地说。

"吃饭啦，你们讨论什么呢，各人的钱各人保管，干吗叫作压岁钱，压岁钱就是给你们花的。"邱玲在餐厅里说道。

九龙冲人的习惯，大年初一的中餐都是大年三十晚吃剩的剩菜剩饭，只是重新放进锅里加热，其意味着年年有余。特别是桌上一定要有鱼，这也代表着年年有余；粉丝炒瘦肉代表着长长久久，芹菜代表着一年勤勤恳恳，大蒜代表着一年都有钱算。总之，村里的人期盼新的一年要像大年初一那样鱼鱼肉肉那么美好地生活。

桌子上琳琅满目，香气缭绕。一家人围在八仙台上，邱玲一边吃一边提醒说："高飞、高娜记住，大年初一要拿稳筷子不能掉在地上，更不能打破碗，也不许骂人。"

"妈妈，年年过年都讲，背都背熟了。"高娜有点不爱听地说。

高飞却想着压岁钱，便问："妈妈，明天去不去外婆家呢？"

邱玲每年正月初二都要带着高飞、高娜回娘家，以示孝敬父母，吃上餐团圆饭，她随口回答道："去去，怎么不去呢，去看外公外婆，外公外婆好想念你们呢！"

高飞便兴奋不已，说："去就好，我又要增加压岁钱了。"

"飞弟，开口是钱、闭口是钱，恐怕给你个银行你也不会满足。"高娜调笑道。

"不满足，怎么会满足呢！给我银行有什么用，银行里面没有钱。"高飞贪婪地说。

邱玲教导道："高飞，不要把钱看得太重，人活在世上，没有钱不行，但金钱不是万能的，有时候钱还害了人，也就是说'水可载舟亦可覆舟'的道理。"

"但是我现在很缺钱呀！"高飞苦着脸说。

"你缺什么钱？你还小，又不用建房子，又不用养老婆。"邱玲说笑了起来。

高强和高娜都笑了，看着高飞怎么反应。谁知道高飞说道："我虽然不用建房子，不用养老婆，可是我要好多好多的钱装修我的头脑，我不但要读高中、大学，还想考研究生、博士，还想留学当科学家。"

一家人都惊呆了，没有想到高飞有这么大的理想和信念。

邱玲高兴地说："高飞，你说得也有道理，只要你肯努力，你考到哪里，我们都资助你。有道是，船到水路开，到时自然会有解决的办法。钱就像井里的水，满满的一井水，你挑了一担水，井一样满，你不挑井里的水，井里的水也溢不出来。"

"妈妈，这是你说的，可不要反悔啊！"高飞望着邱玲，期待着说。

"当然是我说的啦，妈妈什么时候说话不算数啦？"邱玲认真地说，并不戏言。

"妈妈，你对飞弟这么好，你可不要偏心啊！"高娜含蓄地说。

"我的千金，你怎么能说出这种话呢，手心是肉手背也是肉，你说它偏心吗？"邱玲情真意切地说，脸上带着体贴的笑容。

"妈妈，我只是说说，我知道爸爸妈妈对我们姐弟都好。"高娜轻轻地说。

高强边吃饭边抬眼看看高飞，又看看高娜，再看看邱玲，四个人都爽爽朗朗地笑了，原来一个幸福的家庭是这样产生的。

吃完饭，一家人又坐在舒适的沙发上看电视"春晚"重播，茶几上放着一盘瓜子，一盘糖果，一盘巧克力，还有熟花生、苹果。电视节目播放了一个又一个，动听的歌声引起了高飞难忘的回忆。读小学的时候，高飞曾经是学校文艺队的一员，有一年"六一"儿童节，山珊镇中心小学组织全镇文艺会演比赛，九龙冲小学唱得不怎么好，声音参差不齐，到后来还得了二等奖。浩老师说："虽然我们学校唱得不怎么好，但是中心小学校长说，九龙冲小学唱的《爱我中华》这首歌，体现了师生们的爱国热情，感情投入，所以，我们得了二等奖。"

以后要是再有参加唱歌比赛，一定要把我的歌喉展示出去，我的声音清晰亮丽。全班同学谁也没有这么好的嗓音，就是那个女同学叫什么来着，周亚霏的声音也没有这么好。周亚霏是方丽梅的女儿，长得好像她，一双水灵灵的眼睛，圆圆的脸，挺挺的鼻梁，清秀的肤色，笑容是那样动人，好看极了。可是她的声音唱起歌来还没有我唱得响亮，不过，男声和女声不一样，她是个女的，女孩唱歌总比男孩唱歌好听，特别是歌星唱的歌。

高强一听到女歌星唱歌，再苦再累也乐，精神就振奋起来了，看得甚是入迷。

"这是谁呀，唱得这么好听？"邱玲说起话来，打断了高飞的思绪。

"别吵。"高强说着，津津有味地看着节目。

"风烟滚滚，唱英雄……"彭丽媛在唱《英雄赞歌》，吐字清晰，韵味醇厚，悠扬悦耳，深深地打动着人们的心弦，歌声动听迷人，激发着人们那种爱国主义的英雄气概。并且歌声素养让人羡慕不已。

高飞瞟了一眼高强，暗自在笑，高强那么想听英雄赞歌。

"爸爸，这歌很好听吗？听得这么入神？"高娜微笑着问。

"当然好听啦，特别是《英雄赞歌》，虽然我当不了英雄，英雄是我的偶像，只可惜我没有机会当兵。"高强感慨地说。

"爸爸，你在年轻的时候为什么不去当兵，当兵多光荣呀！"

高飞兴致勃勃地说。

"提起过去说来话长，我年轻时也曾报过名要去当兵，18岁那年刚改革开放不久，大多老人思想陈旧，人家说单传不能当兵，你奶奶就生了我一个，怕我去当兵打仗死在战场上，那不是断子绝孙了吗？更有甚者说，好男不当兵，好铁不打钉。"高强随口而答。

"好你个新年彩。"邱玲瞪了一眼高强。骂道，"大年初一，不能说断子绝孙不吉利的话。"

高强哈哈大笑，像个马大哈，真拿他没办法，他的笑声很让人生气。

"你笑什么笑，谁跟你笑，我看你老不知耻。"邱玲板起面孔说。

"妈妈，别说了，都是你说的，初一朝头不得骂人，一家人要开开心心，高高兴兴才是。"高娜劝了一句。

"爸爸，后来呢？"高飞又开始问了。

"后来就不当兵了呗，在家里当农民。本来爷爷想找熟人安排我进工厂当工人，可是工厂老是不招工，要招的也不是农村户口，招的都是城市户口，什么知青呀，就可以招工回城去。但是农村人就进不了城，进不了工厂，因为户口不是城镇户口。那时我们农村的户口好想迁到城市去，只有非农户口才有出息。"高强说了一排来。

"再后来呢？"高飞还要问下去。

高强有问必答："再后来，国家出了个政策卖户口，农村有钱人就买户口。"

"买户口有什么用？"高飞莫名其妙地望着高强问。

"买个非农户口可以招工进城呀！"高强解答道。

"那你为什么不买？"高飞提出了新的问题。

"不如意的事时有发生，爷爷竟然不让买户口。"高强满胸怒火。

"那时爷爷那么有钱，为什么不给你买个非农户口，爷爷那么傻，买个户口就可以招工进县城，不就乐享其成了。"高飞也怨气在心，为高强愤愤不平。

"飞弟，你不懂，爷爷肯定有爷爷的想法，而且爷爷的想法有一定的道理，也许有的事不以人的意志为转移的，爷爷有爷爷的难处。"高娜善解人意地说。

"爷爷开始也想给我买非农业户口，高娜说得有道理，那时爷爷的头脑思维并不简单，改革开放的春风已吹遍祖国大地，在农村发家致富的机会来了，他哪肯轻易放弃把钱花在我的身上。爷爷也担心一旦给我买了户口招工进了城，他老了谁来照顾他呢！爷爷咬咬牙，把我留下了。"作为孝子的高强，越说越觉得父亲的做法有道理，父亲老了他不来照顾谁来照顾呢。

"爸爸，岂不委屈了你一生，机会白白放弃了。"高飞可惜地说。

高强毫不在乎地说："怎么能说是委屈呢，孝顺照顾好父母天经地义，没有爷爷和奶奶就不会有我，照顾好爷爷和奶奶是应该的。再说我要是被招工进了县城早就下岗了，城里有好多工厂都倒闭了，就连供销联社都不吃香了，当年供销联社多吃香呀，好多人抢着去，现在供销联社的员工都没活干了。他们过惯了好生活，做惯了轻手轻脚的活，不愿做体力劳动，怕失体面，碍于面子，一年到头来就等着国家发低保，多可怜。"

"爸爸，那你是因祸得福啦！"高娜笑盈盈地说。

"可不，所以说人不要赶时代潮流，出风头。今天和明天的事，谁也说不清楚。"高强深有体会地说。

"照你说，待在家里就有吃啦？"邱玲挖苦地问。

"也不是，人总是要拼搏的，甘于现状的人是没有出息的。"高强说得很有气度，"人要不断地探索，不断地追求，才有美好的生活。"

"过去那些人真傻，几千块钱买一个户口。"高飞又把话翻回来，他的话制造了一家人和谐的气氛。

"你不知道，强哥他爸爸田运来就买过户口，他爷爷花了九千块钱买了个教育辅导站的户口，以为就可以把田运来安进教师队伍当正式老师了，谁知白白扔了九千块钱。"高强不忍心地说。

"那时候，九千块钱就等于现在的九万。"邱玲插嘴说。

一家人在讨论之时，电视机重播的"春晚"节目里一个男歌手正在声嘶力竭地唱着《希望的田野》的歌曲，听到这歌声让人想起了春天的黄莺的啼鸣和山沟沟叮咚的流水声。

村外鼓乐声声，人声鼎沸，九龙冲青年舞狮队拜年去了。高飞和高娜闻声同时站了起来，不约而同地冲出了门。

（二十）

摇田高中背靠大树，有一个得天独厚的地理位置的优势，从后门走出，经过蜿蜒的用鹅卵石铺成的小路的终点有一个凉亭，凉亭背倚大榕树。学校正门面向一条一级公路，跨过公路就是市区。一条小溪沿着学校旁汩汩流过，清澈见底，真是个风水宝地。据说此校曾出过县处级干部，也有厅级官员，其中硕士、博士生就有六名。青出于蓝而胜于蓝，每届初中毕业生有不少人报考投读，倒也有一点名气。

高飞以优异的成绩考进了这所摇田高中，但他一点也不满足，觉得还是报错了学校，也万万没有想到自己考得这么高分，是应届考生中的第一名。真是进错了庙，烧错了香，拜错了神。听说市一中才是真正出人头地的地方，有许多上级领导都去过。算啦，山里的孩子能读上这样的学校也就不错了。高飞想到这里也就心安理得了。

又是一个星期五，高飞、高娜从学校回来，坐在屋前的摇钱树下纳凉休息，屋边的桂花，零零落落地撒在角落里，发出一阵阵难闻的气味。

"飞弟，你去的学校好不好？"高娜关心地问。

"好啊！环境幽雅，空气新鲜，校园两旁种着郁郁葱葱的树木，绿树成荫，离不远就有一盏路灯，晚上灯火通明。学校的建筑工艺之讲究，外形之美观，校园内修有假山、花圃，路心花坛，假山周围圈着做鱼池，养了不少小鱼，小鱼在池中摇头摆尾游来游去引人注目。学校大门两边摆设着两座石狮子，栩栩如生。简直是进了世外桃源的感觉。"高飞在描绘着摇田高中的形象。

"飞弟，你真好，我这次不知怎么考得这么差，上不了重点高中，我不想读了。"高娜灰心丧气地说。

高飞难过地说："姐姐，我怎么说你好呢，爸爸妈妈从来就不用我们干什么农活，上个学期我就发现你放松了学习。"

高娜说出了心里话："那时，我只不过是想到学校混混而已。"

高飞心直口快："怪不得你总是打扮得花枝招展，回家不是看电视，就是玩手机，看着时光在一天天流过，我的心都在滴血。"

高娜心灰意冷："读书有什么用呢，反正我学不进去了。"

高飞指责道："你把爸爸妈妈的话已经抛到九霄云外。现在你要放弃读书岂不是前功尽弃，害苦了爸爸妈妈这么多年的抚养和教育。"

"我知道，可又有什么办法。"高娜不以为然地说。

"姐姐，振作起来吧，勤能补拙，亡羊补牢不算晚。只要你肯努力，终会有好成绩。"高飞鼓励着说。

"飞弟，你别劝了，我心里一点底都没有。我自己有几斤几两自己清楚，我品尝到了读书的艰难，你叫我怎么学得进去。就如一个人不爱吃肥猪肉，你叫他怎么吃得下呢？"高娜还是满不在乎地说。

"读书跟吃肥肉是两码事，怎能混为一谈呢。前人有过这样一句话，读书可以治愚，书犹药也。"高飞辩解道。

高娜还是摇摇头说："不行，不行，我怎么也不想读书了。"

"姐姐，你这样说，要是爸爸妈妈知道了会伤心的，爸爸妈妈为了我们不知吃了多少苦，受了多少累，像这样下去迟早要累死。爸爸妈妈辛辛苦苦拼死拼活地干都是为了我们，为了我们以后有个好日子过，不让我们吃苦受罪。没有想到你竟不争气，你辜负了爸爸妈妈的一片心，你对得起爸爸妈妈吗？"高飞像开机关枪似的说了一通。

高娜一时语塞，暗自骂道，我为什么这么笨，洒泪对青天，以哭当歌。

"姐姐，你不必自责。读书改变人生，知识改变命运是历史发展规律。趁年轻多学点知识，今后不会后悔。要不又是走王老五的老路。"高飞郑重地说。

一语惊醒迷路人，高娜猛地抬起头来，问道："什么，王老五？"

"就是守护我们家摇钱树的王老五，他回家去了。"

"王老五怎么啦？"高娜有点奇怪地问。

"少年不知勤学早，来年方悔读书迟。"高飞提醒道。

"王老五也有这样的经历？"高娜极不相信地问。

"你别看王老五穿着破衣烂衫，他少年时也有过辉煌经历。"高飞取笑道。

"真是这样，太让人吃惊了。"高娜睁大眼睛说。

"当年王老五也想自学成才，后来他遇到困难就放弃了，他的黄粱美梦破碎了。"高飞字斟句酌地说，"三十多年过去了，他却坐失良机，难道你想走他的老路吗？"

"可是，我真的学不进去呀！"高娜有点为难地说。

"反复阅读，反复领会，反复审题总可以吧。你还记得浩老师说过的那句话吗？先读熟再理解。只要你越过读书困难这条壕沟就有希望，前途无量。"高飞俨然一位久经沙场的老手，轻车熟路地说。

"太伤脑筋了，我做不到。"高娜苦着脸说。

"在你没有遇到学习新方法之前，必须这样学，学习才有进步。"高飞声音虽轻，但吐字很重。

"飞弟，不要这样对我好不好？"高娜有点受不了。

"姐姐，我是在和你攀谈，并没有恶意，我是为了你好，希望你不要掉队，不想你落伍。我们姐弟俩一起沉浸在温馨的书香里，在知识的海洋里探索，在知识的殿堂里遨游。"高飞婉言相劝，眼里放射着神秘的色彩。

一石击起千层浪，高娜怦然心动，脑子里汹涌澎湃，翻江倒海，她再也不甘于现状，她要拼搏，她要追求。

高飞又说道："读书是辛苦，最劳力的是农民，最劳心的是文人，谁说不辛苦！"

"年纪轻轻的，你在唠唠叨叨什么呀？"浩亮走到门口就将了一军。

"浩老师好！你干什么来了？"高飞从椅子上站了起来，有礼貌地问道。

浩亮轻柔地摸摸高飞的头，笑说："来看看你们呀！"

高飞边把浩亮领进屋里边说："浩老师，我好想你！"

可见师生感情之厚，一个人最难忘的就是老师，老师在人的一生中是不可缺少的，在头脑的记忆中占据着相当的位置。

高娜拖过椅子说："浩老师，请坐！"

浩亮不客气地坐了下来，环顾四周，问道："怎么爸爸妈妈不在家？"

"爸爸妈妈都干活去了，一会儿就会回来。"高娜柔声答道。

"刚才你们姐弟在聊什么？好像争吵的样子。"浩亮又翻问刚才的话。

"没什么，我们姐弟俩只是说说话消磨时间而已。"高娜说着瞟了一眼高飞，不想说出真情实话。

谁知高飞吐露了出来，说："浩老师，不是这样的，我姐姐她不想读书了。"

高娜本来已经有了信心，经高飞这么一说，羞愧地低下了头，脸一阵泛红，清秀的脸蛋显得十分可爱，犹如一朵含苞欲放的山茶花。

浩亮不禁倒吸了一口凉气，怜惜地说："高娜，不读书怎么行，你怎么会有前途。你会跟你爸爸妈妈一样当一辈子农民的。不爱读书永远也不会有出息，也不会成才。像你这样又穷又保守的家庭里，如果没有读书人是相当受罪的。"

高飞把高娜的缺点全部倒了出来："我姐姐怕辛苦，怕伤脑筋。她想过那种清闲、慵懒的日子。"

"读书不辛苦怎么行，先苦后甜嘛。不读书就是先甜后苦了。"浩亮严肃地说，"将来有你受的，作死你。"

"她根本就没有恒心，你叫爸爸妈妈怎么放心！"高飞叹气道。

"啧！别说了，我的心好烦。"高娜生气了，满心说不出的难受和委屈。

高飞和浩亮都目瞪口呆，瞪大眼睛看着高娜，不敢惹她了。

半晌，浩亮才问道："高飞，你现在的学习怎么样，还算可以吧？"

"还算可以，我不懂就会问老师，我不怕难也不怕苦。我吃的苦对我的未来有好处，是对我人生的考验。"高飞理智地说。

"说得真好，要是我们每个同学都像你这样多好，我们的民族就更加充满希望。"浩亮精神振奋了起来。

"洁老师，我知错了，都是田耀强出的歪点子。"高娜悔不当初，慢慢地抬起头来。从她的目光中，清晰地读出了那份苦衷。

浩亮闻言一愣，问："田耀强出什么歪点子？"

"在初中时，田耀强就叫我跟他一起去玩老虎机，老虎机可以赌钱。他出钱，花言巧语拉拢我。"高娜低声说，声音低得像蚊子叫。

"田耀强怎么拉拢你啦？"浩亮接着问。

"在初中时，每天吃中午饭的时候，在食堂里，田耀强总爱到我的身边坐在一起吃饭，吃吃笑笑。起初我不理他，他就甜言蜜语说，高娜，我出钱帮你加菜怎么样。我并不为之动容，婉言谢绝了。然而，田耀强并不甘心，他自己给自己加了一份牛排，边吃边说，唔，味道不错，真好吃！

"牛排飘溢着一阵阵香气，整个空气里都弥漫着牛排的香味，让人垂涎欲滴。田耀强看出我的心思，便问，要不要给你加一份，我点点头，竟神差鬼使地答应了他。从此以后，我再也不拒绝田耀强给我加菜，在内心深处，都感到自己越来越虚浮。"高娜心里有点不安地说。

浩亮讷讷地说："随便接受男孩子请客，男孩子给你请客不会有好心眼，这个社会的男孩都太坏。十五六岁的人就乱交朋友。你知不知道拿人家的手短，吃人家的嘴软。就算是我的亲戚，我也不同意你这样做。"

"那时，我只想满足我的口感。出于好强的我并没注意到周围的影响，同学们的议论。我和田耀强出双入对，不是去老虎机室，就是去逛公

179

园，甚至夜夜通宵达旦在校外飘飘荡荡，像一只断了线的气球，在虚空中不着边际地飘荡。在老虎机室里过夜生活，和一群未成年的孩子一起胡闹。"高娜说话像倒水一般，滔滔不绝地倒出来，"每天成了田耀强身边小鸟依人的风景，在这种不真实的感情中越陷越深，忘记了自己是一个学生，一个在校生。"

高飞重重地叹一口气，说："你在老虎机室无谓地耗费了多少时间和精力。"

"你现在还跟田耀强来往吗？"浩亮注视着高娜问。

"怎么说好呢，一到下课，田耀强就到学校等我，我都不好意思拒绝他。"高娜坦率地说。

浩亮一听，不禁感到一阵恶心，说："有什么不好意思拒绝的，他就是看准你善良可爱，才这样缠你。做事不要扭扭捏捏，学生时代不要谈恋爱，爱情是有毒的罂粟花，远看则可，千万不可近之。现在你正是应该集中精力学好科学文化知识的大好时光，别让早恋困住自己，一心读好书。他要是继续缠着你，就告诉老师，再不行你就告诉你爸爸妈妈，甚至到派出所报案，我就不信他还敢缠你。"

高娜眼里流露着一抹痛楚，一抹苦恼，说："我总担心抽刀断水水更流，我不想看到每一个故事都有伤感的结局。"

"你没必要折磨自己，如果你真的担心，难以启齿，你就写张字条给你爸爸妈妈或者学校的女老师，她会替你保密，帮你摆平，你不用害怕。"浩亮又教导了一番。

高飞一股仇恨洋溢在眉宇之间，说："改天我找几个同学去收拾田耀强，他敢胆大妄为，不给他点颜色看看，不知好歹。"

浩亮摆摆手，说："不行，打架不是解决问题的办法。这样会出大事的，会犯罪的。"

"那你说怎么办，任由他为非作歹？不治治他怎么行。"高飞说着，手里紧紧地握着拳头。

"打架真的不是个办法，要么按我说的去做，要么……唉，我真想不出个妥善的办法。"浩亮叹气道。

"姐姐，有了。你不用抛头露面，找一帮女同学去修理他，他要是去到你学校门口等你，你就叫一帮女同学骂他厚颜无耻，他就不敢来了。"高飞出了个馊主意。

浩亮觉得高飞言之有理，句句中听，便说："倒也是个好办法，不过要慎重小心，决不能因此而惹出大祸，尽量把事情摆平就可以了，我的想法是希望你们互不干涉。"

"我懂的，"高娜的睫毛闪了闪，静静地说，"浩老师，谢谢你为我伤了这么多脑筋！对我的帮助。"

说话之间，高强和邱玲回来了，他俩各自手里提着一袋沉甸甸的东西，高强穿着一套布满汽油味的衣服。

邱玲眼里闪烁着热情的火花，满眼含笑，柔声地说："哟，还不知道家里有贵客呢!"

浩亮不再追问高娜，笑笑说："贵客不敢当，只是路过，顺便进来看看两个学生。"

花儿之所以吸引蝴蝶，是蝴蝶要过来，而不是花要蝴蝶过来。

邱玲笑盈盈地说："我看醉翁之意不在酒吧!"

"也不全是，我也算是有口福，这不，你们不是买了许多的菜肴吗，今晚我不在这里饱食一餐我不走了。"浩亮笑呵呵地说。

"好的，你就等着我下厨烧菜吧！我煮的菜包你满意，恐怕你还没吃过我煮的菜哩！"邱玲脸上带着甜甜的笑，笑容变得灿烂而温柔。

"还没吃过，我认识你十几年了，这还是第一次，所以这顿饭我非吃不可。"浩亮开朗地说。

邱玲也就不敢怠慢，温柔一笑，走进了厨房。

高飞、高娜都回各自的房间去了，高强不得不坐下来陪客人，边聊天，边看电视。

"高强，最近生意怎么样?"浩亮殷勤地问。

"小小的修理店，生意一向清淡，养得生饿不死，想发财就没有了。"

高强淡淡地说。

"我们中国人口众多，谁都在抢生意，就看你的服务态度了，还看你手艺精不精。"浩亮敷衍道。

"谁都知道，人生就是为了生活过得好些，不知伤了多少脑筋！我都是尽量让顾客满意。"高强心领神会地说。

"而且要拉些熟客，在这世界上都是靠熟人吃饭的，说好听点，靠交际吃饭，交际要广，三句话就伤人的人做不了生意。"浩亮情真意切地说。

"是啦，浩老师算你说对了，有的顾客就喜欢聊天，跟他聊得来，他的车坏了自然会拉来给我修。"高强开心地聊了起来。

"修车收费的价格还要合理，人家同样换一个零件，在别的地方收5元你收10元，谁来给你修，是我都不会拉来给你修。"浩亮越说越投机。

"浩老师，你真内行，好像你开过摩修店似的。"高强说着笑了。

"不用开过摩修店，谁都是这样的心理，和你买青菜一个样，便宜的不要你买贵的？加上摩修店又多，收费不合理，只有倒闭。"浩亮提醒说。

"所以我在想，改一门什么行业好呢，能赚钱又能轻松，不经风吹雨淋太阳晒，手不湿脚不湿，手不脏脚不黑的活儿。"高强幻想着说。

"像你这样小学没毕业的人，想找你说的那样的活儿是没有的，除非你再去学文化。"浩亮讥笑道。

"一点办法都没有了？"高强心不甘，情不愿地说，"我就不信找不到轻活干。"

"有是有，工资低呀，而且不算脑力劳动，还是体力劳动。"浩亮声轻语重。

"什么活，说给我听听，看我能不能做。"高强好想知道是什么活。

"守门口的保安，工资才一千四五百元钱，这活算轻活，但钱少。像你这样要养活一家人，这一千不多的钱还不够你自己吃，根本花不来，一个人没有真才实学真的不行。"浩亮有分寸地说。

　　"浩亮，你是有文化人，嘴巴像抹了油似的，能说会道，高强怎么说得过你呢！"邱玲直呼其名，不叫浩老师，她认为这样能给人一种亲切感。

　　"邱玲，煮好菜啦?"浩亮像在自己家里的样子，大大方方地问。

　　"我弄了几个菜，一个糖醋鱼，一个炖排骨，一个有名的福绵鸭，博白空心菜，一个清炖洋鸭汤，就这么简简单单。"邱玲客气地说。

　　饭菜的香味无疑刺激了胃口，浩亮眼光不自觉地落在了菜盆上。

　　"不少了，不少了，我在家里都没有这么多菜。"浩亮随口应道。

　　"吃饭啦，高飞，高娜！"邱玲向屋里喊了一声。

　　高飞和高娜同时从屋里冲了出来，围到饭桌上。

　　"浩老师，吃饭。"高强招呼了一声。

　　"嗯！"浩亮应了一声，和高强一起向饭桌走去。

　　邱玲一边端菜一边说："我不会烧菜，浩亮，你要是合味就吃多一点，不合味就吃少一点。今天最重要的是让你尝一尝我自酿的糯米甜酒。"

　　所有的菜都已陆续端上，色香味更美。福绵鸭香喷喷的，香气四溢透人，浩亮吸吸鼻子，脸上露出希冀的神态。

　　浩亮喝了一口糯米甜酒，说："酒酸中带甜，合口，合口。"

　　"浩老师，难得你在我家吃一餐饭，请多吃点菜。"高强热情地招呼道。

　　"不客气，不客气，我会的。"浩亮说着夹了一块福绵鸭放进嘴里，津津有味地吃着，边嚼边说，"美味佳肴，口感松嫩香脆。"

　　"别看这只是一盘福绵鸭肉，其工序之讲究，首先将宰好的鸭放进锅里煮半个小时，将鸭煮熟，再捞出来加工切块上配料，这样做的鸭肉嫩，味道正，很有营养价值，让你吃了三日不忘其味。"邱玲津津乐道。

　　"哦，哦哦！好吃，好吃，味道鲜甜！"浩亮夹一块又一块福绵鸭肉放进嘴里，嚼了几下，不停地赞道。

　　"福绵鸭肉，低脂肪，有优质的蛋白质，其味甘性平，有益气、养肾之功效。你们男人吃了最好不过了。中老年人常吃能起强身防老的作用。"邱玲说着咔咔地笑了起来。

浩亮马上夹了一块福绵鸭肉给高强，说道："高老兄，多吃些福绵鸭肉补补身体。"

"谢谢！谢谢！"高强不住地说。

"浩老师，这博白空心菜也不错，味道鲜着呢！"邱玲一边夹博白空心菜一边说，"博白空心菜炒出来清气，颜色不变，翠绿如染，而且香脆可口，一年四季让人久吃不烦的青菜。而且博白空心菜有清热解毒，疏经活络之功效。"

"是不是呀？"浩亮把筷子放到博白空心菜的菜盘里夹了一棵放进嘴里嚼了嚼，说，"果真如此，脆口脆口，不错，不错！有种越吃越有味的感觉。"

"你再试试我炖的陆川土猪肉排骨。"邱玲又说道。

浩亮把筷子放进排骨的盆里夹了一块排骨放进嘴里，马上就说："不错，不错！吃起来和其他猪肉确实就不一样。"

"陆川土猪肉比任何猪肉都香气，味道正，香而不腻。不但其味鲜美，营养丰富，性微寒，阴虚火盛的人吃陆川猪肉会不治而愈。其喂养主要是熟料，饲料以米糠、粥水、红茹藤为主食。"邱玲把自己所知道对人体有益的菜肴都介绍给浩亮。

"不吃了，等会儿把我的肚子胀破了，煮得这么好吃的菜，实在舍不得放下筷子。"浩亮边放下筷子边说，深深地吸了口气，觉得有点醉意。

"我说的可句句是实话啊！"邱玲说道，"并没有戏弄你，你多吃一点。"

浩亮摆摆手："谢谢！谢谢！"

这一个晚餐吃了一个小时，饭后，浩亮又坐回电视机前的沙发上看电视，邱玲一家人也围了过去，随便聊起天来。

邱玲喊道："高飞，去，去拿个蛋糕出来。"

高飞十分费解地问："拿个蛋糕出来干什么，谁的生日？"

"你猜呢?"邱玲反问道。

高飞迷茫地摇摇头，说:"不知道!"

浩亮笑笑说:"我做老师的都知道，今天是你的生日。"

高飞恍然大悟，爽然一笑，跑回房间拿了一个生日蛋糕出来，一家人在浩亮带动的气氛中，围着高飞唱起歌来，歌声在热烈的掌声中进行着:"祝你生日快乐，祝你生日快乐……"

（二十一）

夏天虽热，但也容易得感冒。高飞已经感冒三天三夜了，头昏脑涨，浑身无力，食饮不振，凄凉极了。好想去学校，就是动不了身，眼看就要高考了。

高飞"唉"的一声，爬起了床，声音软弱而无力，昏昏沉沉地喊道："妈，我要去学校！"

邱玲闻声走进屋来，说："你这么虚弱的身体，怎么去学校，你不是请假了吗?"

"我只请了三天的假，我要是再不去学校，老师会批评的。"高飞担心地说。

"好吧，既然这样，你就去吧！我送你出去搭客运汽车。"邱玲执拗不过高飞，只好同意。

高飞歪歪斜斜地走出家门口，觉得天在旋，地在转，头昏眼花。邱玲正推起摩托车准备出去，只听到"哎哟"的声音，"玲姐，不好了，高飞摔倒了！"门外传来了周爱莲的声音。

邱玲闻声忙走出门去，见周爱莲扶着高飞爬起来。邱玲埋怨道："叫你不要去学校，你偏要去。还好是摔在家门口，要是摔在去学校路途怎么办?"

"玲姐，高飞的脸色发黄，眼发白，看来是鬼缠身，不如去问问鬼婆吧！"周爱莲出了个歪点子。

邱玲疑惑地问："问鬼婆，去哪里问鬼婆？"

"前几天，我家的阿姐周瑛刚立了神台，听说好灵哩，你不妨去试问一下！"周爱莲古里古怪地说。

"真的，有这回事？"邱玲半信半疑地问。

"真的，你不妨去试一试。说不定你作了手续，明天高飞的病就好了。"周爱莲说得神极了。

山里人就是迷信，虽然邱玲也看过一些科学的书，却一时被周爱莲弄糊涂了，只好点点头，似信非信地说："好吧，我随你去！"

邱玲和周爱莲一边说一边扶着高飞回了房，邱玲安慰道："高飞，你躺着，我和周阿姨去问鬼，帮你捉了鬼就好了。"

"妈，不要去，病来如山倒，病去如抽丝，急不来的。"高飞吃力地吐出沙哑的声音。高考在即，他恨不得插上翅膀飞向学校。

"又不是个小孩子了，已经是一个高中生了，还要妈妈陪着吗，你怕什么，难道真的怕鬼？好好地躺着，我去一会儿就回来。"邱玲神色肃然地说。

"唔！你要是去问鬼，可不要说我的不是啊。"高飞只好顺从邱玲的安排。

邱玲和周爱莲出去了，高飞独自躺在床上，胡思乱想。几次想坐起来，都觉得头发昏，眼发暗，直冒金星。只好闭上眼睛养养神，睡着，睡着，真的睡着了。

"飞哥，飞哥，去学校啦！"涂八头悄悄地进来喊道。

"我请假回家连门都不出，你怎么知道我在家？"高飞好奇地问。

涂八头笑呵呵地说："嗨，我猜都猜到你在家。"

"你怎么猜到我在家？"高飞暗暗吃惊。

"那天在学校里，我看见你走出学校大门，我就知道你回家，我就请假跟你回来。"涂八头竟跟随高飞。

高飞不禁倒吸了一口气，说："涂八头，你怎么能这样呢，我要不是得了感冒，绝对不会请假回家。你可知道高中学习是人生的重要转折点，是人生最关键的一个转折点，学习这么紧张，你却请假回家休息，太不像话了。"

"正因为学习太紧张，每天六点半就起床，我自从进入高中学习，就没有睡过一个安稳觉，高中生活压得人喘不过气来，我这不回家休息几天。"涂八头不耐烦地说。

高飞没话找话讲，顺口问道："这几天回家，你都做了些什么?"

"我什么都没做，但是，在我的身边发生了一件奇怪的事。"涂八头神秘兮兮地说。

"发生什么事说来听听。"高飞十分感兴趣地问。

涂八头爱笑不笑地说："昨天，我捡到好多钱。"

"真的?"高飞兴奋地说，"你为什么不交给警察，让人认领?"

"全是假币。"涂八头让人啼笑皆非。

"假币，哪来的假币?"高飞半信半疑地问。

"我也不清楚，是在我家门口垃圾堆里捡的。"涂八头诚实地说。

高飞一听，更觉得可疑了，这分明是有人把假币丢到垃圾堆里去的，便说："这钱，人家都知道是假币了，你还捡起来。"

"开始，我不知道是假币，我以为奶奶糊涂了，把钱扔到垃圾堆里去，便把钱捡了回来。"涂八头说出了因由。

"那你去问你奶奶没有，假币是不是她扔的?"高飞猜疑地问。

"问了，她吞吞吐吐，说不出个所以然来。"涂八头话里有点不高兴。

"老人也是像小孩一样，你要耐心慢慢哄她，她才会说真话。老人头脑简单，加上没有文化，很容易上当受骗的，说不定哪个缺德的家伙骗了她的钱，她哑口无言，有苦难言。"高飞非常同情地说。

"我不问了，我奶奶患病了，伤到她的心，她受不了。"涂八头好不难过。

"啊——"高飞一声喊，翻了个身，从梦中醒来，睡眼蒙眬，这哪里有涂八头的影子，真是在做白日梦。

"高飞，喝点粥吧，我给你煲了瘦肉粥，加了点生姜，吃了粥出了汗，病就好了。你老是说梦话，吓死人。"邱玲无微不至地说。

高飞勉强爬起床，接过邱玲递过的肉粥，一边吃一边问："妈妈，你跟周阿姨问鬼，鬼怎么说?"

"可吓人了，鬼婆说你鬼缠身，是个十五六岁的女孩，勾魂摄魄地缠着你。鬼婆说送了鬼病就好了，我花了360元钱把那个女妖送走了。你放心吧，你的病会慢慢好起来的。"邱玲哄道。

高飞不高兴地说："妈妈，我本身就没病，只是重感冒而已，病自然会好。叫你不要去问鬼，你偏要去，周瑛对你那么不好，三天两头骂你，你都不怕。还要去问她，去拜她。"

"高飞，你不懂的，明明知道周瑛是个鬼人，也得去问她。仇再大，硬着头皮也得去拜她，谁不怕恶人!"邱玲有难言之隐。

高飞吃了粥，把碗交给邱玲又躺回床上，闭上眼睛继续睡觉，夜渐渐地暗下来了，高飞才慢慢地入睡。

"露医生，你为什么砍我家山林的树木? 你这是破坏山林。"高飞来到了荒山野岭，看见有人在伐木，便吼了起来。

"小兄弟，请息怒。你先看清楚，山林分界线在哪里，"露医生指着坟堆形状似的界堆说道，"这可是我家的林地。"

高飞看了看界堆的分界线，道歉道："对不起，露医生! 我错怪你了。"

露医生不但不生气，反而心平气和地问："小兄弟，这边是你家的松林?"

"是呀! 是呀!"高飞神气地应道。

"像你家这样的松林已经为数不多了，毁的毁，伐的伐。一会儿种龙眼树，一会种荔枝树，一会儿种速生桉树，盲目地发展，结果没有一样成功，还造成水土流失，种来种去还不如不老松。"露医生茫然地说。

高飞淡然一笑，问："露医生，你现在伐木，你家山林又准备种什么呢?"

露医生深深地舒了一口气,说:"转让承包,我们没有时间管理能做什么呀!我每天都要给病人看病。喂,小兄弟,你还在读书吧?"

"我正在读高中。"高飞虚心地说,"我要是大学毕业,就开发我家的山林,带领山里人发家致富了,只可惜我还不能读大学。"

"小兄弟,不要悲观,看来你是个聪明人,将来一定能成大器,好好读书吧!"露医生赞道。

高飞关心地问:"露医生,你家的山林每年租金多少钱一亩?"

"农村的土地不值钱,每年一亩山林才租得500元钱,租三十年就15000元钱,便宜过狗粪。"

"不租不行吗?"高飞愤愤不平。

"不租更不值钱,荒山野岭,岂不白白浪费!农民的土地就这样贱了,得角算角,得元算元吧。"露医生没头没脑地说。

母猪扶不上树,山里人头脑就是笨。高飞赞同道:"倒也是,当农民要本钱没本钱,做什么都难!"

"就是嘛,我说你小兄弟聪明不错吧,你知道农民困难就得了,我就不多说了。"露医生嘴里说着很有味道的话语。

"露医生,你过奖了,世上不止我一个知道农民凄凉,你也知道,可是,人人都顾不了自己,哪能顾及别人!"高飞慎重地说,其实也是给自己一个思考。

"你懂得就得了,所以我要对你这样说。"露医生说完就走了。

夜沉沉,高飞又翻了个身,觉得这个梦很奇怪,怎么会梦见露医生呢?有人说,这是一种托梦,借助露医生的灵魂来托梦。

时针已指向午夜12点,高飞还是迷迷糊糊的,不时发出痛苦的呻吟。

"高飞,喝点水吧,我都进来看你两次了,都听到你在讲梦话。"邱玲拉亮电灯说。

高飞坐了起来,接过邱玲递过的水,"咕噜,咕噜"地喝下去。用手抹抹嘴,又睡下去。

邱玲拉灭电灯出去了，高飞闭上眼睛又呼呼大睡了。

"姐姐，捉蝴蝶，蝴蝶多好看呀！"一只蝴蝶轻扑着翅膀，缓缓地飞翔在花丛里，高飞用手一抓蝴蝶，蝴蝶往西一飞；高飞把手往西一抓，蝴蝶又往东一移；高飞把手抓向东，蝴蝶飘然升高；高飞把手往上一抓，蝴蝶又飘然而下翻飞嬉戏，忽而飞东忽而飞西，弄得高飞毫无办法。

"哈哈哈！"高娜笑道，"你哪里是在捉蝴蝶呀，你分明是在跟蝴蝶儿戏。"

"这该死的蝴蝶。"高飞自言自语地说，从地上捡起一根竹竿追着蝴蝶去，不料扑了个空，差点摔倒。

蝴蝶飘然而去，高飞追到了一个会堂，蝴蝶不见了。却听到了优美的歌声，声音折射着一种尖锐的穿透力，深深地撞击着高飞的心，定睛一看，正是周亚霏。

周亚霏走下舞台向高飞走来，脸上带着淡淡的微笑，给人一种亲切的感觉。

"周亚霏，你怎么会在这里？"高飞情意绵绵地说。

"我在唱歌呀！"周亚霏发出柔媚的声音。

韵音声声，乐曲不断。满屋都是舒缓的音乐，钢琴弹出一串优美的音符。一群阿飞型的学生在混乱之中跳舞，舞池里的人跟着灯光旋转，灯影迷离，舞曲绵绵。

高飞和周亚霏也走了上去，扭动着笔直的身躯，舞池里充满着激情和浪漫。高飞并不适合跳舞，左右摆碰，令人讨厌。

乐曲伴随着歌声戛然而止，舞蹈随着音乐结束而结束，曲终人散，走出舞厅，已是夜色阑珊。

"周亚霏，你的歌唱得不错，算是我们学校的佼佼者。"高飞赞道。

"哪里呢，我只不过是唱唱歌开开心而已，不求名气，不求地位。"周亚霏说道。

"我们出去走走吧！"高飞建议道。

"去哪里呢？"周亚霏微笑着问。

"随便走走吧!"高飞轻声地回答。

学校的灯光幽暗,高飞和周亚霏走出会堂,慢步走出学校大门,来到江边的河堤上,凭栏眺望,仰望着灿烂的夜空,观赏夜景。

大街上一片灿烂的灯海,灯火辉煌,五光十色,啊,多么柔美的灯光!

一轮新月悬挂在空中,月光如水,洒在大地上,别有一番情趣。

仰望星辰,迷惘的眼眸,闪烁着光芒。

"周亚霏,你打算考什么学校?"高飞沉思良久问道。

"我还没考虑清楚。"周亚霏茫然地说。

"你呢?"周亚霏反问道。

"我也正在考虑之中。"高飞也是茫然无知。

"是呀,要是我能考上一所名牌大学多好呀!"周亚霏自言自语地说。

"是呀,要是我能考上一所名牌大学多好呀!"高飞跟着说。

"你说什么?"周亚霏静静地看着高飞问。

"我是说,要是我能考上一所名牌大学多好呀!"高飞傻笑道。

"你在戏弄我。"周亚霏说笑着,狠狠地打了一拳高飞,说,"你想考什么名牌大学?"

"反正要是高等学府,不是高等学府我不读。"高飞坚决地说。

"我也是!"周亚霏嫣然一笑,声音好甜好甜。

"我们报考同一所名牌大学怎么样?"高飞凝视周亚霏问。

"好呀!"周亚霏爽快地答应了一声。

共同的志向使高飞和周亚霏的心紧紧地连在一起,高飞拉着周亚霏的手在河堤上奔跑,不时兴奋地笑道:"我们准备考名牌大学啦!"

笑声在夜空中回荡,跑呀,跑呀。"哽哽哽",一阵夜莺的鸣叫,惊醒了高飞茫然的梦。这哪里有周亚霏,手里抓着的是手电筒,高飞还在留恋那个梦。

夜沉沉,闭上眼睛睡得好香,好沉,好安详。

"轰隆隆,轰隆隆",一阵风火狼烟。不对,是炮声隆隆,战争爆发了，敌人的飞机投下一颗又一颗炸弹，炸死了不少村民。同时，飞机还不时地在上空旋转。

"快跑呀，敌机来了。"高飞在深居大院里，不停地高喊。

高飞不知什么时候参了军，穿上绿军装。哦，对！是在大学时当的兵，参的军。军人，是战争的产物，战争造就军人。

村民在慌乱中四处奔逃，高飞站在深居大院里指挥着村民。一伙敌人荷枪实弹，形成扇形队伍向高飞扑来，"嗒，嗒嗒"枪声大作，密集的枪声如炒豆一般打向高飞，高飞迅速扑倒在地，沉着应战。他将一个手榴弹投向敌人，趁着浓烟滚滚，遮天蔽日之时，转移了阵地。当高飞从战场撤退的时候，战场上一片狼藉。

"高飞，你还不赶快跑，你在等什么？敌人就要上来了。"浩亮走过来喊道。

"我不能跑，我要顾及村民们的安危，村民们的安危要紧。"高飞坚定地答道。

"好吧，你注意安全，消灭敌人，保护自己是最起码的常识。"浩亮严厉地说道，"有他的死亡，才有我的生还。"

高飞荷枪实弹站在大庭广众中，看着东奔西跑的村民有些紧张了起来，一旦飞机投下炸弹，村民生命就不堪设想。

敌机真的来了，高飞正为之着急，万没想到歼敌机直冲敌人飞机，敌机"轰隆"一声，浓烟滚滚……

天亮了，晨光已经充满了整个房间。

邱玲担心地走进屋来，问道："高飞，还发烧吗？"

高飞翻身坐起来，清清嗓子说："妈妈，没事了。昨天晚上我做了好几个梦，梦里还是梦，一个接一个，有悲欢离合的凄惨人生；有风流韵事，花前月下的浪漫情趣，还有血染沙场的情景。"

邱玲高兴极了，笑着说："什么叫梦想，这就是梦想。"

高飞也笑了，他知道妈妈不过读了一点书，读过"梦想"这个词罢了，说："妈妈，你真会比喻。"

　　"没事就好，没事就好！"邱玲只顾说她的话，"我煮点早餐给你吃了去学校吧！"

　　"妈妈，我要吃饺子，好久没吃饺子了。"高飞娇声娇气地说。

　　"儿是娘的心头肉，你要吃什么都会依着你，只要拿得出，都会满足你。"邱玲满脸堆笑地说。

　　"好，你快去做吧，我饿极了。"高飞真的觉得肚子饿了。

　　邱玲三步并作两步出了房门，向厨房走去。高飞翻身下床走出客厅，准备刷牙洗脸。

　　太阳从东边缓缓升起，大地披上了新的绿装，新的一天又开始了。

（二十二）

九龙冲一大清早就敲锣打鼓，张灯结彩，迎亲娶妇都没有这么热闹，气氛十分活跃，还请了民间舞狮队，民间歌舞表演队，一派和谐新气象。

"九叔婆，今天我家办大学酒，特意邀请你参加！"高飞高高兴兴地说。

"是谁呀，是谁考上大学了呀，是你还是你姐姐考得大学？"九叔婆非常关心地问。

高飞笑笑说："我考得，我姐姐也考得，只不过我比姐姐考得好些，我考上了全国的高等学府国防大学。"

"好呀，有出息了，我们九龙冲终于有望了！"九叔婆笑眯眯地说。

九龙冲人就是高兴，自古以来九龙冲没有出过大学生，现在不但考上了，而且是全国高等学府国防大学，真是要出人头地了，全村人高兴得不得了。邱玲决定不负众望，办个大学宴，让乡亲们开开心心地喝一杯。清早就嘱咐高飞特意邀请村上的老人，德高望重的人参加大学宴。

"哟，这是干什么呀，摆这么多桌桌凳凳的？"不知底细的田耀强问道，他一清早就来找高娜，似有什么急事。

"我家办大学宴，我妈妈要为弟弟送行，办个大学宴，而且特意邀请村里的老人过来吃一餐，让他们高兴高兴。"高娜有点羡慕地说。

"高娜，你呢，你妈妈不给你办大学宴呀？"田耀强挑拨地说。

"我那算什么大学，一个普通学院。"高娜叹气地答道。

"学院也相当于大学呀！"田耀强愤愤不平地说。

"强哥，别说了，都是你惹的祸，不然我比我弟考得好。"高娜埋怨道，"要不是你引诱我去玩老虎机，我也会考进高等学府。"

田耀强惭愧地说："考得学院也不错，总比我考不上的好，我已经名落孙山了。"

"你还有脸说，趁早撒尿淹死啰！"高娜越说越生气。

田耀强却一笑了之，说："我才不呢，我年纪轻轻地，还要干一番事业，就淹死了，岂不给后人留下笑柄！"

高娜无可奈何，说："你既然考不上大学，你的理想呢？你的抱负呢？"

"我的理想，我的抱负在希望的田野上，人各有志，人人都去考大学，去做文化科学的开创者，谁来当农民？"田耀强不屑一顾地说，"我根本就看不上那些大学生臭老九。我本身就不想读大学，当农民自由自在，每天八九点钟才起床，吃香的喝辣的也是农民，我何必去读大学？"

"世上竟有这样的人，吃不到葡萄说葡萄酸。自己考不上大学，说读大学不好。"高娜讪笑道。

"不是这样的，高娜！人是靠理想靠信念活着的。我根本不是读大学的料，不可能当农民就死气沉沉，没精打采，这样寿命不长的。古人彭祖寿命 800 岁，我想超过彭祖。"田耀强古怪地笑道。

高娜失笑道："你真是知足常乐！"

田耀强拉着高娜的手说道："高娜，要不你也不读书了吧，我们一起创业，办个工厂或超市什么的，我家有的是钱。"

"真的，你说话算数，不骗我吗？"高娜戏弄地说，眼睛里闪烁着迷人的光彩，深不可测。

"真的，我不会骗你，我们都相处好几年了，我什么时候骗过你。"田耀强一往情深。

高娜爽然一笑，闪烁着明亮的眼睛，揶揄地说："那我就依着你，跟着你干。"

田耀强听不出高娜话中有话，眼都笑开了，高娜天真活泼可爱，看在眼里，想在心里，说："是呀，我们本来就好好的，要是天各一方，那种滋味真的不好受！"

高娜又笑说："我真有点舍不得你，你对我这么好！"

田耀强柔情蜜意，说："我也是，晚上做梦都想着你！"

高娜问："强哥，你这么喜欢我，你不问问你妈妈同意不？有道是，竹门对竹门，木门对木门。我家这么穷，你妈不会不同意吧？"

"嗨，还用问，我早就对我妈说了，她说没有意见，举双手赞成。"

田耀强越说越得意。

"我有什么好呢，死吃懒做，到时你妈会骂我吃死老公住破屋的。"高娜样子很担心。

"不会，不会，怎么会呢，你尽管放心，你看我妈平时总是凶巴巴的，她的心也有善良的一面，我毕竟是她的儿子嘛！"田耀强说得很清楚。

"你说得你妈再善良，我看见都害怕，毛骨悚然。"高娜忧心忡忡地说。

"我是田家的唯一接班人，我有办法改变她的性格，如果她不依着我，我就跟她拜拜，离家出走，她就紧张了。"田耀强话都说到心坎上了。

高娜娇嗔地，马上又露出了笑容，总要问个清楚："将来办个工厂、超市什么的，钱是你管理还是我管理？"

"当然是你管理啦，这还用说嘛，你管内勤我管外勤。"田耀强十分信任地说。

高娜用商量的口吻道："我们要是结婚，要买辆汽车跑运输用。"

"你想得周到，拉货买一辆货车，跑业务买一辆皇冠牌小车。"田耀强说得很轻松，尽量把高娜哄得高兴，把她留下来，不让她上学院。

可高娜也不傻，不上田耀强的当，不贪图享乐。眼睛乌黑而清亮，眼神坚决而又深沉，说道："强哥，对不起，我们志不同道不合，分手吧。"

田耀强的脸倏地红了，死皮赖脸地说："高娜，你要是不跟我结婚，我就砍死你全家人。"

路遥知马力，日久见人心，田耀强终于露出了真面目。

"难道你凶得过九寨沟朱彪，家有家规，国有国法。朱彪昨天都被抓了，你算什么？"

田耀强经高娜恐吓，不得不低头认错，说："高娜我说错了，我真的喜欢你，我愿为你当牛做马，嫁给我吧？"

"不可能的事。"高娜板起了脸，说，"谁叫你不好好读书，你差点还把我拉下水，毁了我的前程。你以为有钱什么都可以买到，你错了，你就是有座金山银山我也不会嫁给你。我现在虽然苦一点，将来总有个出头之日。"

田耀强扑通一声跪在地上，哭道："高娜……"

"高娜，家里这么多客人，你不去接待接待，你在那里吹什么？"邱玲在客厅里喊道。

"哎，来啦！"高娜趁邱玲的喊声，像一只受惊的小鸟般，拍拍翅膀，迫不及待地飞走了。

"哎呀，强哥，你这么有礼貌跪在这里，跪到摇钱树那边去，跪错方向了，你要拜摇钱树得先上香，还要大鱼大肉供奉。"高飞走村串户回来，看见田耀强跪在地上，好不热心地说。

"不，不不，"田耀强不由自主地站了起来，他害怕丢脸，不敢说出真情实况，又假装跪到摇钱树下，叩了几个头，说道，"摇钱树呀摇钱树，你要是真是神树，就为我做主为我摆平啊！"

高飞听不出田耀强在说什么，不过看到他那种德行，不禁掩嘴偷笑。

田耀强在摇钱树下说完话，还是总得适可而止，站起身摇头晃脑地向家里走了。

大学宴开始了，高家门前的院子里所摆的桌子，坐的客人已经七七八八了。

邱玲满面春风，喜笑颜开，站在主席台上扬眉吐气地郑重宣布："各位亲戚朋友，兄弟叔伯：大家好！

"枯萎的生命在苏醒，希望的火花被点燃。今天请大家来，就是让大家高兴高兴，喝上一杯，欢聚一堂。我家高飞今年考上了国防大学，我感到非常兴奋，这不单是我家的荣耀，也是九龙冲人的荣耀，九龙冲出人头地了！我们九龙冲自古以来没有出过大学生，别说名牌大学，就是普通院校都没有过。我们九龙冲人世世代代，祖祖辈辈都在贫瘠的土地上，希望的田野里耕耘，日出而作，日落而归。白天听小鸟叫，晚上听泉水声，披星戴月，没有过上一天好日子，穿的还是粗布衣，吃的还是五谷杂粮，住的还是破瓦房。社会上流传着这样一段顺口溜：'有女不嫁九龙冲，十户人家九户穷，男人吃了睡懒觉，女人吃了钻岭冲。'虽然，这十来年有一两户人家住上了楼房，但也是三不邻四不正，很不着眼。今天我们九龙冲有了自己的大学生，在万里长征上迈出了第一步，开辟了九龙冲史上的新纪元。就如山川里汹涌澎湃的潮水，这是伟大浪潮的信号。我们九龙冲人要与时代挑战，要与世人挑战，世人做得到的事，我们九龙冲人也能做到。

"也许有人问我，九龙冲能出几个大学生，高飞考上大学不等于九龙冲的人都过上好日子，我想面包会有的，牛奶会有的。高飞的大学梦对九龙冲人来说，有着巨大的影响力。

"各位兄弟叔伯，我已经尝到了读书的乐趣，我本来不爱看书，可是，浩老师百般照顾，万般关心。在浩老师的热心帮助下，我渐渐对书产生了兴趣，我常常用看书学习排除寂寞，而高飞、高娜受到我的努力学习精神感染，也就有了考上高等学府的信心。在我的影响下，高飞、高娜一有空就会自觉主动学习。

"书中自有黄金屋不是梦。只要我们每个人都爱读书，养成读书的良好风气，用智慧的力量开发我们的大脑，就有希望。事业的腾飞离不开知识，兄弟叔伯们，我们也要有'燕雀安知鸿鹄之志'的精神。让我们都爱书吧，读书吧，让我们的子孙后代都养成爱读书的习惯，在我们有生之年为九龙冲做点贡献。只要放眼未来，我们就能播撒出渴望的种子。相信我们九龙冲终有一日会屹立在世界的东方！"

九龙冲的大学宴上响起了一片掌声，久久不息。邱玲接着说："下面请我们的老师讲几句话，大家鼓掌欢迎！"

接着就是一阵热烈的掌声，浩亮从酒席中走上主席台。清了清嗓子，说道："九龙冲的各位父老乡亲，大家好！我今天有幸参加九龙冲第一户人家、第一个考上高等学府的升学宴，感到十分庆幸！

"邱玲讲得好，九龙冲人已经走出万里长征的第一步，一个不知名的穷山村因读书而闻名，九龙冲出名了。难道我们九龙冲人不要再接再厉吗？大家试想想，这些年来，先富裕起来的人，都是有文化，有知识，有科学头脑的人。可不是嘛，我们九龙冲田运来就是一个例子。田老板虽然只是一个高中生，但是在我们九龙冲，他是个有文化的人，他组织九龙冲的剩余劳动力外出搞建筑，发家致富。领了工地一桩又一桩，家庭生活过得美满幸福。也就是说，要改变九龙冲的贫穷面貌，就得想出个挣钱的办法，就得要有文化、有技术，跟上时代潮流。所以，知识是人生的资本，你的知识越多，技术越好，你的资本就越大。谁的科学知识丰富，谁的技术过硬，谁就能拿到金钥匙，谁就能打开黄金屋。我希望九龙冲的子孙后代向田老板学习，向邱玲学习，向高飞学习，九龙冲的人们努力吧，奋斗吧！

"星转月移，我来九龙冲小学当老师已有十多年了，看着这些孩子长大，和他们有着深厚的感情。我也曾当过超市老板，房产也有几处，家庭有一定的积蓄。今后九龙冲不论谁家的孩子考上高等学府，普通院校，我都要给予一定的奖学金。被高等学府录取的，发给奖学金5000元；被普通院校录取的，发给奖学金2000元；从高飞、高娜开始，高飞奖学金为5000元，高娜奖学金为2000元。"

浩亮说着，从口袋里拿出两个大红包交给邱玲，红包上面一个写着5000元，一个写着2000元。浩亮最后对高飞说："高飞，你如一只小鸟，已经长了翅膀，海阔天空，任你遨游，飞吧，尽情地飞吧！"

顿时，掌声响彻云霄，锣鼓喧天，敲响了九龙冲人们前进的步伐！

邱玲站在主席台上，笑吟吟地看着高飞，说："高飞，你不说几句吗？"

高飞向参加大学宴的人们鞠了个躬，说道："首先感谢我的爸爸，感谢我的妈妈，感谢浩老师，感谢关心和支持我的人！"

什么力量激励了高飞学习，高飞首先想到的就是要走出大山去，想到开发九龙冲的黄泥塘。再次想到他妈妈被欺凌的日子，想到他爸爸在凄风苦雨中拼命挣钱，想到邻里互相挖苦、辱骂、嘲笑的场面，想到王老五的坎坷人生，王老五满是皱纹的脸，一切历历在目。高飞觉得还有什么理由不好好学习，不好好读书呢！于是高飞拼命地学习，昼夜不舍，高考中每一道难题都有高飞辛勤的汗水，在学习中总结不少学习经验，自己走出来的路，高飞决不会轻易放弃。

高飞有一次在去学校的客车上，中途堵车了，高飞就在客车上做起练习题来，露医生也进城，他见高飞这样学习，赞道，像这样的孩子，将来一定有出息，高飞听到这样的话，心里也舒畅，给了高飞极大的鼓舞。

高飞也想玩老虎机，也想上网，也想找个女同学闲庭信步，也想游手好闲不费力。每当想到这些，高飞脑子里就会浮现在田野里、在山坡上、在工地间挥汗如雨、肩挑重担咬紧牙关走着艰难的脚步的叔叔伯伯、嫂嫂阿姨，在风雨交加中守候卖菜钱的爷爷、奶奶的影子。高飞感到读书的苦算什么呢？想到这些，高飞日日夜夜辛勤苦战，由于劳累过度，一次得了重感冒，整整睡了三天三夜，在体温39度以上高飞还坚持学习，写作业做练习，他才有今天的好成绩。但是，邱玲说得好，这不过是万里长征的第一步，后面的路还很远。此时，高飞想起了浩老师教过的一首《青春寄语》的诗：

人们向往你，

因为你年轻，

你千万要切记，

人生不卖回头票，

好好珍惜宝贵时光，

谱写绚丽的人生篇章。

这是多么好的一首诗，这是多么好的人生格言！我在这里大声地呐喊：浩老师，你放心！我会牢记你的教导，我会像小鸟一样在蔚蓝的天空尽情地展翅飞翔！"

摇钱树上一只只小鸟展开翅膀凌空而起，飞离了九龙冲的天空……